人间草木

怡红快绿

《红楼梦》花木图鉴

蓝紫青灰 著

山東文藝出版社

图书在版编目（CIP）数据

怡红快绿／蓝紫青灰著．—济南：山东文艺出版社，2022.3

ISBN 978-7-5329-6487-1

Ⅰ．①怡… Ⅱ．①蓝… Ⅲ．①散文集—中国—当代 Ⅳ．① I267

中国版本图书馆 CIP 数据核字（2021）第 257235 号

怡红快绿

YIHONG KUAILV

蓝紫青灰 著

主管单位 山东出版传媒股份有限公司
出版发行 山东文艺出版社
社　　址 山东省济南市英雄山路 189 号
邮　　编 250002
网　　址 www.sdwypress.com

读者服务 0531-82098776（总编室）
0531-82098775（市场营销部）
电子邮箱 sdwy@sdpress.com.cn

印　　刷 山东临沂新华印刷物流集团有限责任公司
开　　本 880 毫米 ×1230 毫米 1／32
印　　张 7.75
字　　数 166 千
版　　次 2022 年 3 月第 1 版
印　　次 2022 年 3 月第 1 次印刷
书　　号 ISBN 978-7-5329-6487-1
定　　价 69.00 元

序　草木皆兵

沙司

我一直觉得他很像一个园丁。

自己修起花园，自己培育花草，服侍得无微不至，然后亲手掘墓，装殓掩埋。

常言说“人非草木，孰能无情”，可大观园里的草木也都有情。晴雯去世之日，怡红院的一棵海棠先死了半边。

“凡天下之物，皆是有情有理的，也和人一样。”

写花木终究还是为了写人，当身边的知己离开，我们的一部分会跟着死去。

二十四番花信风相继而来，花儿应时开放，映照着书中人的悲欢离合。那些欢乐、悲哀、心动、嫉恨和欲望，最后全都埋葬在大观园的花冢里。

书中的花不只是花，草不只是草，一花一草深藏寓意，背后是几千年积攒下来的故事。

今月曾经照古人。屈原的芳草生长在蘅芜苑，苏轼的葫芦又被拿来饮茶，它们跟媚娘的宝镜和飞燕的金盘一样，承载着死亡也无法消解的欲念和美，供作者借他人热酒浇胸中块垒。

全书一共写到二百多种植物，作者不但对植物的自然属性了如指掌，庭园花木配置信手拈来，对植物的文学意蕴也运用自如。作者下笔操纵花草树木，犹如良将指挥千兵万马，运筹帷幄之间，决胜千里之外。

目录

金钗十二

林黛玉

零陵香和蓼苓香

史载舜帝南巡，崩于湖南永州境内的苍梧之野，葬于湘江南岸的群山里，以山为陵，陵名舜陵，又名零陵。苍梧山一名九疑山，这里群山罗列，并排有九座山峰，绵延数郡，每座山中都有一条溪水流出。人至其郡，观山相似，见水疑惑，因名之为九疑，又作九嶷。

九嶷山因葬有舜帝而得享大名，但舜陵具体在哪个位置，当时就说不清了。传说舜帝的两个妃子娥皇和女英听说帝崩于苍梧之野，千里寻夫至此，不见帝陵，泪洒于竹竿之上成为斑点。她们寻之不得，惆怅而归，北返时过洞庭湖，投水而死，化为湘水之神湘夫人，舜帝也就成了湘君。

湖南有很多地名、物产都与这个传说有关。如斑竹，竹竿上有泪状斑点，传说那是二妃的眼泪洒上去所化，因此也叫湘妃竹。另外还有零陵香。

零陵香一物，长期存在于传说中。唐朝刘禹锡有个朋友去湖南永州做官，他闻讯后就作诗说“零陵香草满郊坰”，那个地方长满了零陵香哦，听上去十分向往。后来他自己被贬官朗州（今

佩兰 选自《梅园百花画谱》

湖南常德）近十年，再写零陵香，情绪已大大不同。

> 湘水流，湘水流，九疑云物至今愁。
>
> 君问二妃何处所，零陵香草露中秋。
>
> ——唐·刘禹锡《潇湘神》

零陵这个地方，因有舜帝之陵、湘妃之泪、屈子之魂，变得云雾缭绕、凄风苦雨、愁气冲天。后世之人来到这里，不是凭吊，就是招魂。连零陵山里出产的一株香草，都和湘妃产生了关联。

零陵香，《诗经》中名蕑，又名蕙、薰，南朝时又名都梁香。

南朝宋盛弘之《荆州记》中写道：“都梁有山，下有水，清浅，其中生兰草。”蕑也称兰草，即现在菊科的佩兰。只因年代久远，朝代更迭，便有了都梁香和零陵香之名，久而久之，原名湮不可考，连刘禹锡听说了都满怀向往。我想他后来到了朗州，见了满溪满沟的零陵香，说不定会说：什么零陵香，原来就是香水兰、燕尾香啊。这两个名字，同样是佩兰的别称。“燕尾”是指佩兰叶子多歧，形似燕尾；“香水”是说用此草浸水，水亦染香。

兰草有“国香”之称，《左传》上说：“以兰有国香，人服媚之如是。”服媚之，即佩而爱之。史载郑文公有妾名燕姞，梦见神人给她一枝兰草，后生子，取名为兰，世称公子兰，就是后来的郑穆公。

因燕姞梦兰而生郑穆公，后世就把“梦兰”“兰梦”“兰兆”作为生子的吉兆。很多年后，汉景帝梦见一只红色的野彘从云中直下，进入崇兰阁。景帝从梦中惊醒，看见一团红雾遮蔽了崇兰阁的户牖，于是改崇兰阁为猗兰殿。没过多久，王夫人就在猗兰殿里生下儿子，小名彘，就是汉武帝刘彻。

“猗兰”一名，来自孔子。孔子周游列国，路过隐谷，见谷中香兰茂盛，叹息道：“夫兰当为王者香，今乃独茂，与众草为伍。”于是援琴鼓之，作《猗兰操》。猗兰就是美好又茂盛的兰草。

佩兰茎叶干燥后非常香，点燃可以熏香，因此得名薰草，魏晋时用来熏染宫室。薰草磨成粉，可以合香。

就像九疑被写作九嶷，零陵香在后世也写作蕶苓香。

第十五回，贾宝玉路谒北静王时，北静王将腕上一串念珠卸了下来，递给宝玉，道此系前日圣上亲赐，权为初见贺敬之礼。第十六回，林黛玉葬父归来，宝玉将北静王所赠香串珍重地取出来，转赠黛玉。黛玉却嫌是别的男人拿过的东西，掷还不取，宝玉只得收回。

这串念珠，有的版本写作“鹡鸰香念珠”，甲辰本、程高本作“蕶苓香念珠”。当以后者为是，因蘉苓香是香草名，而“鹡鸰香”却无从索解。

将香草、香料磨成粉，加黏性物质搓圆成珠，再穿珠成串，是为香串。《陈氏香谱》一书上记载有香珠的制法：“以杂香捣之，丸如梧桐子，青绳穿之。”书中端午节元妃赏给宝玉的红麝香串，配方里加了麝香。麝香是雄麝的香腺和香囊中的分泌物，干燥后为棕红色。

明末崇祯年间刊印的《香乘》里收录了用零陵香等香草为原料做香珠的方子：零陵香、甘松、木香、茴香、丁香、茅香、川芎、藿香、桂心、檀香、白芷、牡丹皮、三柰子、大黄晒干，和合为细末，用白芨和面打糊为剂，搓成圆珠，趁湿穿孔，半干时用麝香檀稠调水为衣。书里的蘉苓香念珠串的配方大约和这个差不多。

零陵香出自零陵也就是舜陵，黛玉雅号潇湘妃子，住在潇湘馆，潇湘妃子即湘夫人。唐代李群玉有诗云：“犹似含颦望巡狩，九疑如黛隔湘川。”黛玉字颦颦，这个艺术形象身上有湘夫人的影子。书中的黛玉泪尽而亡，和湘夫人寻夫不得，泪洒斑竹何等相似。她在题帕诗中写道：“彩线难收面上珠，湘江旧迹已模糊。窗前亦有千竿竹，不识香痕渍也无？”正是联想到了湘夫人。

薛宝钗

蘅芜之香

晋朝王嘉著有《拾遗记》一书，讲述一些奇闻异事，常荒诞不经。书里讲了好些汉武帝的逸事——魏晋人好讲武帝故事，这也算是那个年代的流行话题。

有一个故事讲武帝自李夫人死后，郁郁寡欢，神思难安。时昆明池建成，武帝泛舟水上，夕阳西下，凉风激水，作《落叶哀蝉曲》，命女伶歌唱。听罢，武帝心动神摇，悲不能止。到了夜间，李夫人入梦，手拿蘅芜香送给武帝。武帝惊而醒来，魂影随春梦而散，但蘅芜香的香气沾在衣枕上，历月不散。

武帝对李夫人念念不忘，召来当时著名的方士李少君，说朕思念李夫人甚切，能见到她吗？李少君说可以，但只能远看，不能近视。又说暗海有潜英石，色青，轻如毛羽。此石甚是神奇，天寒地冻则石生暖意，盛暑酷热则石变冷。刻之为人像，神情不异真人。如能采来此石，刻成李夫人之像，则夫人自至。

李少君带了船和人去寻暗海，过了十年才回来。武帝得到此石，命工人依图刻作李夫人形，置于轻纱幕里，望之宛若生时。

金庸似乎从这个故事里得到不少灵感。《天龙八部》里，逍遥派无崖子和李秋水隐居在大理无量山中，有一天无崖子从山中找到一块美玉，照着李秋水的模样雕了个美人，从此就对着石雕美人发痴，再不理身边的李秋水。李秋水在死前一刻才知道石雕美人是她的小妹子。《神雕侠侣》里，王重阳为了治林朝英的病，从极北苦寒之地采回寒玉，琢成寒玉床。那极北苦寒之地的寒玉和无量山中的美玉，都有着暗海潜英石的影子。

《洞冥记》记载了一个故事，说钟火之山有草，似蒲，色红，昼缩入地，夜则出。东方朔采之献给武帝，武帝放在怀里，夜里遂见李夫人入梦，因名之为怀梦草。元人宋褧把《拾遗记》和《洞冥记》中的这两个故事结合起来，写了一首叫《遗芳蔓》的诗，诗中道："却凭钟火一茎草，换得蘅芜三月香。"意思是说，汉武帝凭借来自钟火之山的怀梦草，梦到了李夫人，李夫人在梦中赠他蘅芜之香，香气持久，三月不散。

怀梦草似蒲，蒲即菖蒲。蘅芜之香则可能是用杜衡（也作杜蘅）根茎制作的香。南朝文学家吴均《与柳恽相赠答诗》："杜蘅色已发，菖蒲叶未齐。"杜衡和菖蒲（又名荃、荪）是《楚辞》里一再提起的香草。虽然怀梦草和蘅芜之香来自文人的虚构，但也是从香草文化中衍生出来的。

此后，蘅芜之香和怀梦草成为典故，只是在流传的过程中，二者被赋予的文化意义有所不同。蘅芜之香是身份地位的象征，怀梦草代表思念。

《彤史拾遗》载，明崇祯帝宠妃田贵妃体洁，身有蘅芜之香，虽盛暑无汗。有宫词赞曰："一段蘅芜香不散，始知国色即天香。"蘅芜香是后妃之香。

怀梦草在《红楼梦》第八十九回里就有。岁末天寒，焙茗带

菖蒲（左）　杜衡（右）　选自《本草图谱》

到私塾里为宝玉御寒的衣服正是晴雯病中拼死补缀过的雀金裘。宝玉睹物思人，次日在晴雯住过的屋子里点了香，填了一阕词，说："想象更无怀梦草，添衣还见翠云裘。脉脉使人愁。"

"蘅芜"出现在第十七回"大观园试才题对额"中。贾府为贵妃省亲而建的花园初成，贾政带了众清客进园，在门口撞上宝玉。贾政便命他跟着，一行人给园子里的各处楼馆取名。

众人从稻香村出来，转过山坡，穿花度柳，过了荼蘼架，入木香棚，越牡丹亭，度芍药圃，到蔷薇院，出芭蕉坞，盘旋曲折，忽闻水声潺潺，出于石洞；上则萝薜倒垂，下则落花浮荡。这般曲曲折折一路行来，沿途有水，水中有花，然后才烘云托月般捧出了无花有香的蘅芜苑。

贾政他们攀藤抚树而去，走过一座朱栏板桥，便见一所清凉瓦舍，待进了门，迎面就是一块插天的玲珑大石，上面长满了藤蔓植物，芳香扑鼻。那些藤蔓，清客说可能是薜荔藤萝。宝玉说这其中虽有藤萝薜荔，但藤萝薜荔没这么香，香的是杜若蘅芜。

宝钗住蘅芜苑，在诗社的雅号是蘅芜君，病时服冷香丸，身上自带一股甜香，用的正是蘅芜之香的典故。黛玉住的地方是潇湘馆，匾额是“有凤来仪”，隐含的是舜帝和二妃的传说，斑竹象征的是中国历史上最早的爱情故事；宝钗住的地方是蘅芜苑，匾额是“蘅芷清芬”，暗示的是汉武帝和李夫人的情深爱重。

史湘云

白海棠和断肠花

《红楼梦》里起诗社的一大段文字，写的是大观园中最繁花似锦的日子，起于探春偶结海棠社，终于黛玉重建桃花社；以六首咏海棠花的律诗开篇，以《桃花行》歌行体长诗惨淡收场——对比初时的烂漫景色，让人有不胜今昔之感。

奇的是开始是在初秋，结束反倒在仲春，春花如锦时，诗社悄然结束。写海棠是“半卷湘帘半掩门”，写桃花是“风透湘帘花满庭”“闲苔院落门空掩”；写海棠是“秋闺怨女拭啼痕”“倦倚西风夜已昏”，写桃花是“花飞人倦易黄昏”“寂寞帘栊空月痕”，似乎把海棠诗重写了一遍。

海棠社咏的是秋海棠，第三十七回说“贾政又点了学差，择于八月二十日起身”，可知时序已入秋，才有后面的菊花诗、螃蟹宴。

探春命丫头给宝玉送来花笺，感谢宝玉赠送荔枝和颜真卿墨迹，又说想起诗社，请宝玉过去商议，她扫花以待。宝玉见了大喜，忙往秋爽斋去，出门遇上贾芸送来两盆白海棠。宝玉也没在意，让人把花送到屋里去，没有留下细赏。

宝玉到了秋爽斋，姐妹已来齐了。众人商议着取了别号，定

秋海棠

清　蒋廷锡　花卉虫草图册

了诗社细则。李纨自荐做了社长，又说来时见人抬进两盆白海棠来，何不就咏起来。探春还在迟疑没见到花，宝钗说不过是白海棠，又何必定要见了才作。这里再次避开描写两盆花是什么模样，全靠众人的诗句，描摹出白海棠玉雪不足喻其质、梨梅尚且输三分的气质来。

秋海棠花多为粉色，质柔脆，色娇艳，叶绿如翠羽。八月入秋后，开花的草木渐少，秋海棠可以连续开上一两个月，适宜庭院种植。过去秋海棠是常见之物，闺中刺绣，衣裳裙边多有绣此花的。

秋海棠别名又唤作断肠花：

> 昔有妇人怀人不见，恒洒泪于北墙之下，后洒处生草，其花甚媚，色如妇面，其叶正绿反红，秋开，名曰断肠花，即今秋海棠也。
>
> ——《广群芳谱》引《采兰杂志》

秋海棠得名断肠花，还有个原因。它在民间有个俗名，叫竹节海棠，这是形容它的枝茎节节相续，就像竹竿，又甚脆易折，让人联想到愁肠易断。秋海棠叶子正面绿、背面红，上有红丝乱纹，又让人想到相思血，于是又得名相思草、愁妇草、孀妇草，甚至寡妇莎等名。

明末清初有个和尚释今无，是当时的名僧，他写过咏白秋海棠的诗，说自己从未见过白海棠，直到某年八月寓居金陵，在高座寺目睹其芳容。为了这与白海棠的邂逅，他写了两首诗。第一首末联为“罗绮红楼千种态，一回梦破歇诸狂”。“罗绮红楼”“一回梦破”，简直像是为《红楼梦》而作。

康熙年间，董含《三冈识略》中说，当地绝少有开白花的秋海棠，

白海棠

原画有乾隆帝题诗，云“输他江氏三分白，借己杨家一半柔”，显然化自黛玉之“偷来梨蕊三分白，借得梅花一缕魂”。

清　邹一桂　高宗御题图轴

史湘云　白海棠和断肠花

有朋友送他两株，开时甚是妩媚，但是没两年就死了。他写诗以记：“明艳偏教玉女嗔，倚风无力自横陈。不施脂粉夭斜甚，虢国端应胜太真。”前两句描写白海棠质本娇弱，后两句写它不施脂粉，更觉妖娆，就像淡扫蛾眉的虢国夫人，比浓妆的杨贵妃还要美丽。宋人《太真外传》载，一次玄宗在沉香亭召杨妃，杨妃正酒醉未醒，被侍儿扶掖而至，鬓乱钗横，不能再拜。玄宗笑道：“是岂妃子醉，真海棠睡未足耳。”之后，古人便用杨妃比海棠（蔷薇科海棠），海棠比杨妃了。杨妃的三姐虢国夫人自恃容颜绝美，“却嫌脂粉污颜色，淡扫蛾眉朝至尊”。既然是姐妹花，杨妃是红色的海棠，虢国夫人自然就是白色的秋海棠。宝玉咏白海棠诗里的“出浴太真冰作影”，是说杨妃（太真是杨妃的道号）沐浴之后，铅华洗净，胭脂未施，眉黛未描，正像白色的秋海棠一样。

秋海棠一名孀妇草，书中是将湘云比作此花，所以才安排湘云独作两首海棠诗。湘云的结局是早寡，所谓“云散高唐”，楚王梦会神女，春梦如流云，遇风便被吹散。高唐神女朝云暮雨历来是男女情爱的象征。秋海棠、“高唐云散”俱暗示了人物的命运。

《红楼梦》中，作了海棠诗后，第二天便是螃蟹宴。明朝中后期，宫中八月赏玉簪花和秋海棠。赏毕秋海棠，作食蟹之会。吃完蟹，用紫苏叶煮汤洗手。天启帝的乳娘客氏还教宫女们用蟹壳拼蝴蝶，以分巧拙。有宫词写此景：“海棠花气静霏霏，此夜筵前紫蟹肥。玉笋苏汤轻盥罢，笑看蝴蝶满盘飞。”赏完秋海棠再赴螃蟹宴，怎么看都像是一幅大观园行乐图。只不过明宫是用紫苏叶煮水洗手，大观园中是用菊花叶子桂花蕊熏的绿豆面子洗手；明宫中是拼蟹壳蝴蝶斗巧，大观园中是写诗逞才。

元春　香橼佛手

《红楼梦》前半部有两场重头戏，一是秦氏出殡，一是元妃省亲。秦氏出殡铺陈了贾家的关系网，元妃省亲展示了皇家的尊荣。元妃虽是贾家的女儿，却是皇家的贵妃。因皇权的至高无上，贾元春就成了贾家的保护伞，有她在凤藻宫里待着，贾家就太平无事。有她这把九曲黄伞遮风挡雨，贾家上下几百口，就该吃的吃，该乐的乐，不用担心外面的风雨。一旦伞骨散架，就是树倒猢狲散。

元春的命运在“金陵十二钗正册”中就埋下伏笔了：“只见画着一张弓，弓上挂着香橼。也有一首歌词云：二十年来辨是非，榴花开处照宫闱。三春争及初春景，虎兕相逢大梦归。”

弓与宫谐音，橼与元春名字中元谐音。弓上挂香橼，暗示这幅图说的是宫中的元春。只是弓上挂香橼，看上去就不是吉兆，果然判词是“虎兕相逢大梦归”。

虎兕一词，出自《论语》：“虎兕出于柙，龟玉毁于椟中，是谁之过与？”老虎、犀牛从笼子中逃脱，占卜用的龟甲、玉器毁于盒中，是谁的过失？元春身为皇帝的妃子，身处权力斗争的旋涡中心，一旦虎兕出柙，龟玉被毁，翻覆之间，命运难测。

香橼 明 陈明自 花果册

画中的弓可能还暗示了元妃的死亡方式：被弓弦绞杀。

清初帝后亲王死，必有人殉。太祖努尔哈赤皇后死，殉四个婢女；太祖死，殉大妃及两位侧妃；太宗皇太极死，武将安达礼自愿殉葬。入关之后，此风仍存。豫亲王多铎死，殉一名侧福晋；摄政王多尔衮死，殉一名侍女；及世祖顺治帝死，以侍卫傅达礼随殉。

弓弦绞杀之俗在《宁古塔志》中有记载：“男子死，则必有一妾殉……当殉不哭，艳妆而坐于炕上，主妇率其下拜而享之。及时，以弓弦扣环而殒。倘不肯殉，则群起而缢之死矣。”书中所记乃顺治时期的辽东风俗。努尔哈赤的大妃阿巴亥，也是被弓弦绞杀殉葬的。

可以说，元妃是那些被埋葬在深宫里的嫔妃宫女的代表，那“不得见人的去处”，埋葬了元春们的大好青春。元春省亲，只待到半夜，听了四出戏，和弟妹们作了几首诗。匆匆一聚，却可以让她在深宫想念至绝命之时。

清初几大功臣，哪一个家族在鼎盛时不是权势熏天，哪一个不是下场极惨，被抄家、被灭族、被掘坟、被鞭尸……往宫里送多少女儿都不顶用，权力角逐中，皇权威严下，女性都是牺牲品。

象征元妃的香橼没在书中出现过，香橼的变种佛手出现在探春的案头。第四十回写探春住的秋爽斋，当地放一张花梨大理石大案，案上设着大鼎，左边紫檀架上放着一个大观窑的大盘，盘内盛着数十个娇黄玲珑大佛手。

大观窑就是徽宗大观年间的官窑，大观二字恰合大观园之名，还有什么比大观窑的大盘更适合放在大观园里呢？

明中期杭州文人高濂在《遵生八笺》中说：

> 香橼出时，山斋最要一事。得官哥二窑大盘，或青东磁龙泉盘、古铜青绿旧盘、宣德暗花白盘、苏麻尼青盘、朱砂红盘、青花盘、白盘，数种以大为妙，每盘置橼廿四头，或十二三者，方足香味，满室清芳。

高濂提到的适合盛放香橼的盘子里就有官窑、哥窑大盘，大观窑便是官窑。用大盘盛十几头到二十几头香橼或佛手，满室清香，鲜黄玲珑。

古人爱在屋里焚香，用香料制作成香饼、香篆、香塔等，放在香炉里，把半燃的炭埋在香灰里，用一点点热量去炙烤香饼等，散发出幽香。宋以后的文人在室内摆放带香味的果子，称闻果。过去的房子密闭性不够好，室内空间又大，香气易散，古人索性把闻果放在牙床上、纸帐里，每天晚上枕着果香入睡，清晨又从果香中醒来。早期用橙，宋人程垓词云："红绡帐里橙犹在。"当时用来做闻果的橙是香橙。此外，来自沙苑的榅桲也是常用的闻果，宋人称为榠楂。

香橙的果皮富含柑橘类芳香物质，榅桲有类似苹果的芳香。熏香要用火用炭，烧完了还要记得添，闻果就完美地解决了这些问题。室内摆一大盘香橙、榅桲，过十天半个月换一次，干净，还省事。

到了晚宋，香橼以香气馥郁持久渐渐替代了香橙、榅桲，到明朝更是成为闻果的不二之选。高濂和文震亨都在书中写过怎么在书房里摆放香橼，高濂是堆叠派，果子要多，至少要十几头，在盘中堆成一座山；文震亨是简略派，认为案头摆一个就可以了，多了就俗。探春显然是高派传人，那大观窑的大盘里盛着数十个大佛手，符合她豪爽的性格。

室内摆设闻果这种风俗，一直延续到清末。慈禧太后晚年的照片里，不论是日常装束还是观音装扮，两旁一定设有闻果盘。她好像不太喜欢香橼、佛手，盘里的闻果，不是香橙就是绵苹果。她也是堆叠派，盘里的闻果至少堆五层，高高地叠成金字塔形。

香橼果形多不规整，有如怪石，偶有表面平滑的，也不像柑橘那样圆净。香橼古名枸橼，见于东汉杨孚《异物志》，说明中国人工栽培已经有两千年。到唐宋以后，多称香橼。

佛手是香橼的自然变种，古名飞穰，花开之后，子房自行分裂，果肉长成手指状条形，又名佛指香橼、佛指橼、佛手柑。这些"手

佛手

佛手

清　蒋廷锡　佛手写生图轴

指”有伸有屈，长短错落，姿态百变。“手指”少的，叫五指柑；“手指”多的，叫十指柑；“手指”长在一起没有裂开、闭合如拳的，称“合掌”。

香橼和佛手的香气经久不散，佛手香气更浓，且能久置不坏。金黄色的果子摆放至枯干，颜色转黑，香气依然不败，能为案头数月清供。

康熙官窑有储秀宫款识的三彩大盘，画有寿桃、石榴和佛手，每种果子各三枚，有枝叶衬之，中间又画三枚香橼。大盘直径有四尺，是宫内用来盛各种鲜果的。清宫中常年供有香橼、佛手。

康熙帝有诗写佛手之妙：“生绿熟黄却有因，清香闽峤共呈珍。”香橼的主产地在长江以南，闽浙岭南四川等。在宋代，南剑州（今福建南平）所产的香橼已成为贡品。佛手尤其受欢迎，产浙江兰溪的叫兰佛手，产福建的叫闽佛手，产两广叫广佛手，产云南的叫云佛手，产四川的叫川佛手，后两种又统称川佛手。康熙帝收到的佛手，显然是福建进贡的。

直到清末，香橼也是贡品。《帝京岁时纪胜》中记载，年末十一月，贡物咸来，自南方来的有“橙柑橘柚，香橼佛手，蜜饯糖栖”。

“蜜饯糖栖”是说把香橼、佛手等制作成蜜饯。香橼瓤不可食，人们便将其厚皮用蜜腌渍，香甜馥郁，堪作茶点。文震亨说吴地人取其瓤，拌以白糖，用来做汤，可除酒渴。

香橼肉厚而白，也用于雕刻。唐代《岭表录异》记载，当时岭南女子用香橼果肉雕镂花鸟，浸以蜂蜜，点以胭脂，巧丽妙绝。《山家清供》载，南宋谢奕礼曾经命人把香橼剖开，掏空为杯，刻上花，将天子所赐美酒温热之后注入杯中，“清芬霭然”。客人用它饮酒，顿觉金樽玉斝均不值一提了。

元代倪云林家的食谱中有香橼煎，做法也被记录下来：将香橼去瓤切作丝，用开水煮一二沸，取出沥干；蜂蜜里加少量水，熬至黏稠；把香橼丝放进热蜜锅里搅匀，连锅端离火，放一夜；第二天再熬，一沸即取起，候冷再一沸，稍稍冷却后装瓶密封即可。

此法被朝鲜和日本学去，不过他们用的是被中国人遗忘的香橙，名称却唤作柚子。切丝加蜜煎炼，做成柚子茶，近些年又返销中国。在日本，香橙还另有用处。日本人把它浸在温泉里，用来泡澡，取其香气醒脑；元旦新年时，把它和青松枝、红山茶一起扎成新年门饰，盼望新的一年会风调雨顺、家人安康。

迎春

茉莉和素馨

湘云起意开诗社，和宝钗连夜拟了“菊梦”“菊影”等十二个诗题来。次日，等贾母等人吃了螃蟹宴后离开，湘云取出诗题，众人看了都说新奇。

一时众人散开，各干各的，心里默想着诗句。黛玉拿着钓竿钓鱼，宝钗拿了桂花引游鱼，湘云招呼婆子和小丫头们放量吃，探春和李纨、惜春立在垂柳荫中看鸥鹭。宝玉看了一会儿黛玉钓鱼，俯在宝钗旁边说笑两句，看袭人等吃螃蟹，自己也陪她饮两口酒，袭人又剥一壳肉给他吃。独迎春在花荫下拿着针穿茉莉花。

迎春在贾家三姐妹中是最不显眼的一个。探春敏而烈，惜春喜佛，迎春在家做小姐时就懦弱。奶妈和儿媳联手欺弄哄瞒她，偷了攒珠累金凤去抵押赌钱。事情闹出来，有探春和平儿两个人撑腰做主，迎春也不理，自看《太上感应篇》，以求个安静。

这样的性格，在家做小姐还行，有祖母疼爱，有婶娘哥嫂当家，有姐妹说笑，确实能过得舒心；一旦出嫁，遇上狼子野心的孙绍祖，不出一年，就被折磨至死。她在孙家过的日子，竟比贾府的低等仆妇都不如，而贾家偌大一个家族，也护不了她。

茉莉　清　朱宪章　花卉卷

她一生中最美好的时刻，便是在菊花诗会上的那一点点光阴。姐姐妹妹热热闹闹在一处，动中有静，静中有动，有人在钓鱼，有人在赏花，有人在看鸟，有人在吃酒，她在花荫下穿茉莉花。整个画面，是一幅美人行乐图，她是众美人中的一个，像一朵美丽安静、散发着淡淡幽香的茉莉花。

“茉莉”是梵语音译，初引进时曾译为抹莉、抹历、没利、末丽、末莉等。茉莉何时进入中国已不可考，有一种说法是三国吴永安七年（264），罗马商人把茉莉引进交趾。但这种说法还有待商榷，有记载说，茉莉在汉初已传入中国。汉高祖十一年（前196），陆贾奉命出使南越，著有《南行记》，其中有关于茉莉的记载：“南越五谷无味，百花不香，独有二花不随风土而变，谓素馨、茉丽也。”如果此说可靠的话，则汉初南越已有茉莉。

素馨和茉莉十分相似。唐代段成式《酉阳杂俎》中叫它野悉蜜，说：“其花五出，白色，不结子。花若开时，遍野皆香。”他的儿子段公路一直在南方当官，见到了野悉蜜，不过他在《北户录》中叫它耶悉弭。野悉蜜、耶悉弭都是波斯语音译。这个外来语同样有很多种译法：耶悉茗、耶悉名、野悉密、邪悉茗、耶塞漫。

从译名来看，茉莉是从印度传入中国，是梵语音译；素馨是从中亚、西亚而来，最初的名字是波斯语音译。美国作家谢弗在《撒马尔罕的金桃》一书里说：“唐朝人知道两种外国来的茉莉，一种是以波斯名 yasaman（耶塞漫）知名，而另一种则是来源于天竺名 mallika（茉莉），这两种花在当时都已经移植到了唐朝的岭南地区。”

岭南四季无冬，又有五岭为屏，每当中原战乱，岭南依旧百姓安乐。唐末中原打得乱纷纷的时候，岭南的南汉过着十分逍遥的日子。但后来“卧榻之侧，岂容他人鼾睡”的赵匡胤做了中原帝王，就派将提兵越岭，把南汉收入囊中。

宋初陶谷在《清异录》中记载，南汉人夜郎自大，每见北人则盛夸岭南之强大。后周世宗派遣使者入岭南，接待的官员赠之以茉莉，说此花叫“小南强”。后宋灭南汉，南汉后主刘鋹降宋，南汉臣子到北方见到洛阳牡丹，大为骇叹。有人戏谓：“此名大北胜。”宋人用“大北胜”嘲笑南汉的“小南强”时，大约想不到才过了不到二百年，便有金人的铁骑入境了。

据说，南汉后主刘鋹还和素馨的得名有关。他有个美人名素馨，平日喜欢簪此花，刘鋹便将耶悉茗花赐名为素馨。传说她死后葬在广州城西十里的三角市，冢上多生素馨，此处故称“素馨斜”。此后其地素馨繁盛，胜于他处，遂名花田。花田之名，在南宋便有了，福州人郑域写诗说：“广州九里曰花田，尽栽茉莉及素馨。”

南汉宫女香魂一缕不散，致使此地素馨繁盛了一千年。到明末时，广州城里的素馨花都来自花田。当地妇女天没亮就去摘花，采摘归来，花贩已经来村口买花了。一船一船的素馨运到五羊门南岸，来批发的小贩早已等在岸边。五羊门南岸这里因此得了个好听的名，叫花渡头。

广州城里的人买花回去，有穿灯的、做串的、缀璎珞的，有做小生意卖的、自家用的。城内城外买者有上万家，富者以斗斛，贫者以升，买花就像买米一样。

花多而价贱的时候，十文钱就可买一升，一家大小十余人，插的戴的挂的熏的都足够了。当时当地人喜欢以花为饰，不分男女；素馨贵茉莉贱，男子戴素馨，女子佩茉莉，相因成俗。

有这样的消费习惯，花田人才能以种茉莉、素馨为业。从明

素馨

入清，男子剃发，无处簪花，也就没人买花了，花田荒芜，盛况不再。

不独迎春喜爱拿着针穿茉莉花，在古代，闺中女儿一直以彩丝穿茉莉花玩。茉莉也以其洁白芬芳赢得了各阶层女子的喜欢。《崇祯宫词注》载，崇祯帝皇后周氏喜爱茉莉，在坤宁宫中种了六十余株，“每晨摘花簇成球，缀于鬟鬓”。

探春

探春如雪

贾府四姐妹，名字里都有一个“春”字：元春、迎春、探春、惜春。四姐妹名字的第一个字元、迎、探、惜，谐音“原应叹惜”。取春为名，按书中所说，是因为大小姐出生在大年初一，元旦新春，因名元春。这“四春”中，“迎春”和“探春”都是花名。

迎春花不必多说，世人皆知，早春便开，花期比梅花还早，颜色鲜黄，一名金梅。探春花有两种，《中国植物志》中正式名为探春花的植物，与迎春花同科同属，都是木樨科素馨属，花期在五月，因此又名迎夏。探春比迎春花朵略小，植株却要高大许多，初夏时满条明黄，灿若金箔，十分美丽。

还有一种，是古人说的探春花，花白色，清代张英《禁中对探春花》说它“柔条花满雪皑皑”。张英是康熙六年（1667）的进士，生活年代与《红楼梦》成书时代差不多。

乾隆年间画家邹一桂所著《小山画谱》中说，探春正月开花，白花细小，丛生，花瓣五出，略似丁香，芬芳可爱；又说像小桃、丁香、探春、翠雀、莺枝这些花，北方多而南方绝少。

比张英稍晚一点的查慎行有《探春花再索实君和》诗，也说探春花像丁香："本是丁香种，先从腊尾开。一丛疑积雪，繁蕊欲欺梅。南客今初见，新诗闷强裁。"诗很浅白，一看就明白：探春花像丁香，腊月底就开，花朵雪白，繁花堆叠。

查慎行是康熙四十二年（1703）的进士，原名查嗣琏；他二弟查嗣瑮，是康熙三十九年（1700）的进士。两兄弟少负文名，当时人以"二苏"目之，说他们像苏轼和苏辙。查嗣瑮中进士后授翰林院庶吉士。他是浙江海宁人，在北京任职，便买下了南半截胡同口的怡园东楼为宅。怡园原是明朝严嵩的别业，这时候的主人是武英殿大学士、太子太傅王熙。王熙自住西楼，东楼归了查嗣瑮。

怡园在当时是很有名的私家园林，跨西北二城，极是宏敞富丽，设计师是造园名家"山子张"张然。自查嗣瑮搬来后，西楼住着大学士，东楼住着庶吉士，一时间南半截胡同谈笑有鸿儒，往来无白丁。查嗣瑮《同杨耑木中讷移寓半截弄》云："随地可赊邀月酒，有钱先买探春花。"查家兄弟两人都把探春花作为京师的象征，正是因为这种花江南没有，是道地的北方花木。

京师人喜欢探春花，也是因其名字吉祥。探春一词，原是从唐朝"探春宴"和"探春斗花"而来。开元天宝年间，长安士女千金买名花，植于庭园中，以供春时斗花，以奇多者为胜，称"探春斗花"。正月十五元宵节后，人们乘车跨马，在园圃或郊野设帷帐，为"探春之宴"。

宋朝便有了探春花之名。宋人张明中有《诸公咏探春花二首》，曰："飞琼将命下瑶台，欲探新春口未开。"元人耶律楚材《咏探春花用高冲霄韵》诗："风拂新芳映短墙，典型依约类丁香。"耶律楚材就认为探春如丁香了。一直到三百多年后，在画家邹一

香荚蒾

邹一桂画迎春（右）、探春（左） 选自《花卉册》

桂的笔下，探春花仍像丁香花。

北京名刹潭柘寺内有一株种于清末的探春花，花开时一树白花，堆雪积霜一般。树的外形和丁香极相似，若不仔细看，真会当成白花丁香。唯花瓣为五瓣，与丁香花四瓣不同，因此进寺拜佛的人叫它“假丁香”。除了外形，探春花也像丁香一样有香味，因此又叫香探春。

探春花现名香荚蒾，忍冬科荚蒾属，和琼花、木绣球同科同属。邹一桂是画家，笔下的探春花像丁香，植物学家的描摹就准确多了。吴其濬在《植物名实图考》中称其为野绣球，一眼便认出它的本质。香荚蒾花开虽密，但不成团，不像木绣球那样圆整，野绣球这名字取得很形象。

荚蒾这个名字听着陌生，其实很古老。荚蒾原作繫迷，又名挈榼。荚蒾的叶子像榆叶，榆科里有一种树叫青檀，古人有谚“上山斫檀，挈榼先殚”，意思是上山伐青檀，荚蒾先被砍完。正因为荚蒾和青檀的叶子相似，才有这种说法。

香荚蒾的花期原在三四月，移到暖房里保温，正月就可开花。北京作为元明清三朝帝都，观赏花木向来不缺，冬日少花季节也不例外。高士奇《金鳌退食笔记》载，明朝的灰池，到清朝改为南花园，凡江宁、苏州、松江、杭州织造所进盆景，都交付到那里浇灌培植。暖室中催开各种花卉，进于御前，从十一月十二月起就有探春花了。

不但皇宫有这样的配置，百姓家也爱冬日清供。乾隆年间的《日下旧闻考》上说，京师腊月即卖牡丹、梅花、绯桃、探春诸花，皆系暖室培育的。

香荚蒾初开时为粉红色，盛开后变得雪白。明末成书的《帝京景物略》上说，右安门外南十里有个叫草桥的地方，方圆十里皆泉水。有泉便宜种花，当地居民以花为业，入春便卖梅花、山茶、水仙、探春。 探春花有两种：一名白玉，一名紫香。“紫香”，大概就是初开的香荚蒾了。

惜春

西方宝树唤婆娑

第五回宝玉梦游太虚幻境，警幻仙姑摆下宴席，焚燃香膏，奉上甘茗，歌姬演唱《红楼梦》仙曲十二支，暗示金陵十二钗的命运。第九支《虚花悟》说的是贾惜春，末两句是：“西方宝树唤婆娑，上结着长生果。”

西方宝树唤婆娑，说的是佛经中的娑罗树。传说世尊释迦牟尼当年在拘尸那城祇园精舍的娑罗双树之间入灭。佛陀的周身，东西南北，各有双树。每一面的两株树都是一荣一枯，称“四枯四荣”：东方双树意为“常与无常”，南方双树意为“乐与无乐”，西方双树意为“我与无我”，北方双树意为“净与无净”。茂盛荣华之树意示涅槃本相：常、乐、我、净。枯萎凋残之树显示世相：无常、无乐、无我、无净。佛陀在这八境界之间入灭，意为非枯非荣，非假非空。

娑罗是音译，又作沙罗、萨罗、苏连等，意为坚固或高远。

现名为“娑罗双树”的是龙脑香科乔木。其实佛教中“娑罗双树”的意思是东南西北各有两棵“娑罗树”，加起来是八棵，不是说树名“娑罗双”。佛经中说的娑罗树，花像车轮，果实像水瓶，

七叶树

汁肉甘甜，色香味美。如果光看果子，波罗蜜和榴梿都有点像，就是两者的花都太小太不显眼，不符合花如车轮的描写。

随着佛经传入中国，娑罗树也进入典籍和传说中。南朝宋盛弘之《荆州记》里说，荆州巴陵县有座寺庙，僧房的床下忽然长出了一棵树，才十来天就长得和屋子一样高。有个天竺僧人见了，说是娑罗树。到元嘉年间，这棵树突然开花，状如芙蓉。

宋孙光宪《北梦琐言》载，蜀王先主将晏驾这一年，峨眉山上的娑罗花皆开白花。宋祁《益部方物略记》里也记载，有娑罗花生峨眉山中，树形有点像枇杷，春天开花，几朵花聚生在枝梢。

“娑罗”在中国变来变去，没个准谱儿。根据记载，四川黎州通望县有“娑罗绵树”，其实是木棉；云南会城土主庙有“娑罗花”，应是山玉兰；云南金齿及元江地区有“莎罗树”，其絮可织兜罗锦，其实是树棉。一个译名，在不同的地方指向不同的植物，均地域性太强，没得到公认。

得到公认的是七叶树。传说印度王舍城附近毗婆罗山中有石窟，为王舍城五大精舍之一。窟前有七叶树，因此精舍也叫七叶园或七叶窟。此地原是释迦牟尼说法之地。释迦牟尼圆寂后，迦叶尊者于此处会五百贤圣，完成佛所说法的结集。七叶树也有娑罗树之名。

毗婆罗山石窟前的七叶树，是夹竹桃科鸡骨常山属的印度七叶树，在中国没有分布。广西西南部和云南南部有糖胶树，和印度七叶树同科同属，叶子和白色花序也相似。在当地，糖胶树也叫七叶树，或娑罗树。

中国大部分地方都没有糖胶树，但秦岭周边、黄河流域及以南各地多有七叶树。此七叶树为无患子科七叶树属落叶乔木，是中国乡土树种，树形高大，树冠端正。寺院中常种七叶树，把它当作佛祖身边的娑罗树来膜拜。北宋时洛阳的寺院就有七叶树。

伊洛多佳木，娑罗旧得名。

常于佛家见，宜在月宫生。

——宋·欧阳修《定力院七叶木》

末句说七叶树宜生月宫，是因为当时有月中之树为娑罗树的说法。唐天宝初年，安西道进献娑罗枝，称此树“布叶垂阴，邻月中之丹桂”，意思是这树不是凡品，可以和月中丹桂为邻。后来不知怎么，娑罗树就从佛家精舍搬到月亮上去了。而且，“娑罗”虽是音译，却可以让人联想到“婆娑”，月宫之树高大茂密、婆娑多姿，桂树变成娑罗树、娑婆树，似也顺理成章。

“西方宝树唤婆娑，上结着长生果。”长生果本是道教的术语，意为长生不老药。苏轼有一首写韩湘子的诗，说：“钵种长生果，园栽不老花。”世人皆知苏轼好佛，其实东坡也好道，有“坡仙”之名。既然儒道释并存，那长生果结在娑罗树上也没什么不对。

康熙帝曾经写过一首诗咏娑罗树，说它“千花散尽七叶青”。七叶树的花序上密密缀有几十朵花，凋谢时一朵朵小花先后落下，确实有千花落尽之相。尤其是下过一阵雨后，树下全是落花，可以铺上厚厚一层。

康熙是在五台山下见到的娑罗树，事见高士奇《扈从西巡日录》。看高士奇的描述，此树树大枝茂，每棵树有数百枝，每枝有十余头，每头有六七叶，正是七叶树。他们在农历二月底见到七叶树，只见叶子不见花，觉得甚是遗憾。七叶树暮春初夏开花，花序从浓绿茂密的树叶中斜伸出来，十分美丽；长蕊伸于花瓣之外，蕊头花药为橙红色，丝丝缕缕；花序为塔状，上尖下粗，长近一尺。盛花期满树花枝纷纷指向天空，像是一只只手掌托起无数的白色宝塔。

妙玉

瓟瓟斝和葫芦杯

第四十一回史太君两宴大观园，吃多了酒肉，慢慢走着消食，不觉到了栊翠庵。妙玉出来接了，捧上成窑五彩小盖钟，煎滚旧年雨水，泡上老君眉，恭恭敬敬献给贾母品尝；然后拉了黛玉和宝钗去她房里品体己茶，宝玉悄悄跟上。

> 又见妙玉另拿出两只杯来。一个旁边有一耳，杯上镌着“瓟瓟斝”三个隶字，后有一行小真字是“晋王恺珍玩”，又有“宋元丰五年四月眉山苏轼见于秘府”一行小字。妙玉便斟了一斝，递与宝钗。

“瓟瓟斝”三个字都生僻，瓟是瑞瓜，瓟是葫芦器，斝是古时温酒的酒器，也兼作礼器。瓟瓟斝是斝形葫芦杯。此外，瓟瓟二字，还另有含义。瓟，分瓜。瓟，同匏，一种葫芦。将匏剖开做成两个瓢，柄部以线相连，一男一女在婚礼上用这两个瓢饮下酒浆，表示结为夫妇，称合卺。宝钗用瓟瓟斝喝茶，也许暗示将来有合卺之礼。

上面的两行小字，也大有深意。

葫芦 选自《本草图谱》

先说“晋王恺珍玩”。这五个字的意思是这只瓟瓟斝原是晋朝王恺的。王恺是晋武帝司马炎的舅舅，他和当时富豪石崇斗富，几次落败。武帝看了着急，暗中出手相助，赐了他一株两尺高的珊瑚树。王恺心想这回必胜，喜滋滋捧了去向石崇炫耀，石崇拿起一柄铁如意就把这棵珊瑚树击得粉碎。王恺又惊又怒，刚要发作，石崇让人取来六七株珊瑚树，每株都有三四尺高，宝光灿烂。王恺这才甘拜下风。

按说石崇比王恺更豪富，为什么不说这只“瓟爮斝”是石崇珍藏的呢？另一行小字是“宋元丰五年四月眉山苏轼见于秘府”，所谓秘府，是皇宫中藏图书秘记之所。作者将这只杯子归属于王恺，可能在暗示它来历不凡，传承有序，从晋武帝的禁苑到了大宋皇宫的秘府。

有趣的是，“元丰五年四月”，苏轼是不可能在秘府见到这只杯子的。

元丰是宋神宗赵顼的年号。元丰二年(1079)，苏轼任湖州知州；七月“乌台诗案”发，苏轼被贬为黄州团练副使。元丰三年（1080）二月，苏轼到了黄州，一直到元丰七年(1084)，才离开黄州，奉诏赴汝州就任。

但元丰五年（1082），苏轼用葫芦器皿饮过酒。五月，四川绵竹武都山道士杨世昌从庐山云游到了黄州，去看苏轼。七月十六日晚，皓月当空，苏轼起了月夜泛舟的雅兴，邀杨道士一起带了酒菜登船，到了赤壁之下。清风明月，白露横江，苏轼意气轩昂，写了《前赤壁赋》，赋中有一句是这样的：

> 况吾与子渔樵于江渚之上，侣鱼虾而友麋鹿，驾一叶之扁舟，举匏樽以相属。

匏樽，就是一种葫芦酒器。

现存日本的“唐八臣瓢”是一种范制葫芦，据说是唐朝之物，被遣唐使带回了日本，先是收藏在法隆寺，明治年间奉献宫中。这是现存最早的匏器，为双耳盖罐，罐表面用范制出三幅画：一幅是《孔子与荣启期问答图》，一幅是《鬼谷子向苏秦、张仪授教图》，

葫芦

“绵绵瓜瓞”出自《诗经》，后为祝福子孙昌盛之语。画中绘葫芦遍悬古柏翠柯间，当用此意。

明 陆治 久安大吉图轴

一幅是《商山四皓盘游图》。

范制葫芦，又名范匏，是在模具内部刻上图案、花纹等，套在未成熟的葫芦上，等秋后葫芦长成，去除模具，花纹图案便印在了葫芦表面。这种工艺的传承时断时续，常于太平年景出现，一旦改朝换代，战乱频仍，便告式微。

清代，范制葫芦流行一时。康熙帝从故纸堆里发现范制葫芦一物，在西苑里辟出一块地来，叫作丰泽园，耕田耘地种葫芦，研究范制葫芦，便有了传世的印有“康熙赏玩”款识的宫廷制匏器，有团寿字六棱瓶、勾莲纹壶、凸花纹盒、蕃莲纹团寿字圆盒、蒜头瓶等。

他的这个爱好传给了孙子乾隆，乾隆制作了更多的印有“乾隆赏玩”款识的匏器，故宫中现藏有乾隆御题蕃莲纹碗、勾莲纹漆里菊瓣式盘、缠枝莲槌形瓶、福寿纹桃式盒等。

用葫芦做容器，自古有之。三千多年前，《诗经·大雅·公刘》里，周室祖先公刘在豳地就用匏器饮酒了：“执豕于牢，酌之用匏。”

成熟的木质化的葫芦在顶部开个口就是天然的容器，装水，装酒，装谷物，装药丸……装一切放得进、倒得出的东西。随着农艺水平的提高，葫芦的栽培品种越来越多，长的短的、圆的扁的、有颈的没颈的、有腰的没腰的，各种各样，琳琅满目。为了区别，习惯上把上小下大有细腰的葫芦叫作亚腰葫芦或细腰葫芦。大小合适的亚腰葫芦，腰间系根带子，便是现成的水壶，上山时携以饮泉，最妙不过。装水的葫芦要常用布巾擦拭外面，不可沾上汗气，久之光亮如漆，明亮鉴人，水湿不坏，尘污不染。南北朝庾信说：“匏器洁，水泉香。”

至于葫芦是用模具做成蒜头形还是八角形，是塑出“福禄寿喜”

的字样还是“鬼谷子下山”的图案，都不影响它轻便盛水、易于携带的特质。葫芦就是葫芦，妙玉的禅房有一只来历不凡的𤓰瓟斝，刘姥姥的厨房里大约也有用来舀水的葫芦瓢，将来巧姐和板儿可以用一剖为二的葫芦为酒杯，喝下合卺酒。

宝镜和木瓜

《红楼梦》第五回，宁府花园内梅花盛开，贾母、邢夫人、王夫人等去赏花。宝玉此时十来岁，也跟去赴宴，饭后倦怠欲睡中觉，秦氏说要不往她屋里去，宝玉点头微笑。

秦氏房中甜香袭人，壁上挂着唐伯虎的《海棠春睡图》，两边是秦观的一副对联：“嫩寒锁梦因春冷，芳气笼人是酒香。”案上的陈设也别致：

> 案上设着武则天当日镜室中设的宝镜，一边摆着飞燕立着舞过的金盘，盘内盛着安禄山掷过伤了太真乳的木瓜。

房内还设着“寿昌公主于含章殿下卧的榻”，悬着“同昌公主制的联珠帐”。秦氏笑说：“我这屋子大约神仙也可以住得了。”

宝玉甫交睫便入梦，梦中引路之人就是秦氏。那案头的宝镜，如同明晃晃一面风月宝鉴，照着旁边的金盘木瓜，照着对面的宝榻珠帐，帐中之人进入太虚幻境。

宝玉进入这个梦境，是因为宁荣二公对警幻仙姑的嘱托：“万望先以情欲声色等事警其痴顽，或能使彼跳出迷人圈子，然后入于正路。”这才有了太虚幻境和《红楼梦》曲子。而秦氏死后，托梦给凤姐，教她如何未雨绸缪，如何常保永全，谆谆良言，苦口婆心，不可谓不赤诚。但凤姐同样没听进去。就在送殡路上，王熙凤弄权铁槛寺，三言两语断了一桩案子，昧下了三千两银子。而凤姐住的外间，则是秦鲸卿得趣馒头庵。这边厢是权和钱，那边厢是情和色。两人浑忘了此行乃是给秦氏送殡。

在那小小的禅房里，其实也悬着一面风月宝鉴，照着勘不破红尘迷津的人间痴儿女。

到第十三回，秦氏便死了，只是死得蹊跷：“彼时合家皆知，无不纳罕，都有些疑心。”秦氏病了有一年多，两府中谁人不知，久病不治去世，很正常的事情，怎么会无不纳罕？脂批道：“九个字写尽天香楼事，是不写之写。”

中国古代有名的美人各有各的死法，湘妃投水，西施逐浪，虞姬自刎，李夫人病亡，绿珠坠楼，杨妃自缢。“金陵十二钗正册”中，秦氏那一页画的是“高楼大厦有一美人悬梁自缢”，是在暗示秦氏之死正与杨妃相仿。《红楼梦》曲子更是把悬梁的原因讲了一遍：

> 画梁春尽落香尘。擅风情，秉月貌，便是败家的根本。箕裘颓堕皆从敬，家事消亡首罪宁。宿孽总因情。
>
> ——《红楼梦·好事终》

脂评对这首曲子的点评是：“是作者具菩萨之心，秉刀斧之笔，撰成此书，一字不可更，一语不可少。”有许多话不便说，但又不能不说，只能点到为止。

毛叶木瓜

从脂批透露的细节看，当时还在初稿阶段，作者便删去了与秦氏之死有关的“遗簪”“更衣”和“天香楼”三个情节。在1987年版电视剧《红楼梦》中，这些情节被补齐：秦氏上天香楼更衣，贾珍跟随其后，拔下秦氏发髻上簪子。尤氏发现，气急攻心。秦氏见簪子在尤氏那里，心知事情败露，羞愧之下，半夜登上天香楼，悬梁自尽。

这被删去的内容与唐明皇和杨贵妃的故事有相似之处。开元二十五年（737）十二月，武惠妃病死，唐玄宗郁郁寡欢，不知怎么就看中了十八皇子寿王的妃子杨氏，先让杨氏出家做女道士，道号太真，五年后册封为贵妃。

书中提到安禄山掷伤了太真乳的木瓜，古籍中不见记载。有点关系的记载见宋人高承《事物纪原》：“贵妃私安禄山以后，颇无礼，因狂悖指爪伤贵妃胸乳间，遂作诃子之饰以蔽之。”诃子，据说是古时妇女的胸衣。

文人惯爱想象兼发挥，许多故事到后来传抄久了，就会变得面目全非。就像前面提到的武则天的“镜室”，应该来自“镜殿”，《北史·齐本纪》：“其嫔嫱诸院中，起镜殿、宝殿、玳瑁殿，丹青雕刻，妙极当时。”在后世文人的笔下，这个宫殿名不知怎么就香艳了起来，明朝杨慎《升庵诗话》里写道：“唐高宗造镜殿，武后意也。四壁皆安镜，为白昼秘戏之需。”《红楼梦》中罗列传说中的宝物，真真假假，移花接木，有的人物是真，东西是假；有的东西是真，主人是假。其实就是借着这些传说中的东西，告诉读者，小说家言，不可真信。

宋人说安禄山以指爪伤贵妃胸乳，已是野史，不可全信；到了曹雪芹笔下，又变成了用木瓜掷伤了太真乳。“木瓜”二字，

木瓜 选自《梅园百花画谱》

疑是由“抓”字而产生的讹误。还有一个可能的原因，就是木瓜形似女性乳房。

蔷薇科木瓜海棠属的几种植物都可以称作“木瓜”，包括木瓜、皱皮木瓜、毛叶木瓜、日本木瓜、西藏木瓜。西藏木瓜难得一见。日本木瓜一名倭海棠，为矮小灌木，姿态散乱，花也零乱，观赏性不强。最常见的是木瓜、皱皮木瓜、毛叶木瓜。

木瓜，花十分美丽，粉红色，单瓣，单生于叶腋。枝条高扬，满树粉花，衬着碧绿的叶子，花朵越发显得俏丽娇美。

皱皮木瓜，一名贴梗海棠、贴梗木瓜，花为猩红色，栽培品种有大红、粉红、乳白色，还有重瓣及半重瓣品种。

毛叶木瓜，一名木瓜海棠、光皮木瓜，花瓣淡红色或白色。

皱皮木瓜（贴梗海棠） 选自《梅园百花画谱》

明代王象晋《群芳谱》里说海棠有四种：贴梗海棠，垂丝海棠，西府海棠，木瓜海棠。其实是蔷薇科木瓜属的两种（贴梗海棠，木瓜海棠），加上蔷薇科苹果属的两种（垂丝海棠，西府海棠）。

这几种木瓜的果实有清香，可以作为闻果陈于案头，散发芳香，以熏宫室。其中，毛叶木瓜之所以又叫光皮木瓜，便是因为它果肉含水量少，久置干燥后，果皮依然光滑如新，不皱不缩。而皱皮木瓜（贴梗海棠）干燥后则会缩小，皮皱果瘪。

木瓜、皱皮木瓜、毛叶木瓜的果实，果肉都较粗粝，不能像水果那样鲜食，只能加以炮制，方能食用。南北朝贾思勰的《齐民要术》中记载了腌渍木瓜的做法：截木瓜，埋在热灰中，脱水凋萎，取出洗净，加苦酒、豉汁、蜂蜜腌渍，封藏百日。元代《王氏农书》里记载了木瓜蜜饯的制法，切皮煮熟，放于水中，去除酸味，加蜜熬成蜜饯；又说木瓜去子烂蒸，捣作泥，加入蜜和姜煎饮，尤其适合冬天，味道极美。明朝高濂《遵生八笺》里有木瓜酱的制法：

> 用木瓜十两，去皮细切，以汤淋浸，加姜片一两，甘草二两，紫苏十两，盐一两，每用些少泡汤，沉之井中，候极冷饮之。

秦氏的卧房里陈设的那盘木瓜，和探春秋爽斋里的佛手一样，是作为闻果，嗅其清芬的。但作者偏说这是“安禄山掷过伤了太真乳的木瓜”，加上底下“飞燕立着舞过的金盘”、旁边“武则天当日镜室中设的宝镜”，再加上“寿昌公主于含章殿下卧的榻”“同昌公主制的联珠帐”，就香艳旖旎起来，有了强烈的性暗示。

尤二姐

槟榔和槟郎

秦氏的判词中说“情天情海幻情身，情既相逢必主淫”。秦氏悬梁之后，到第六十三回，尤二姐和尤三姐出场了。秦氏之死，书中写得含含糊糊、隐隐约约，作者另起炉灶，补出一对姐妹来。

尤氏姐妹第一次出场是暗出，秦氏去世的当晚，“秦业、秦钟并尤氏的几个眷属尤氏姊妹也都来了”，这一句已伏后文。到贾敬服药归天，宁府再次出殡，尤氏姐妹才正式出场。

贾琏进入宁府，屋里只有尤二姐带着丫头做活。贾琏看到二姐拿着一条拴了荷包的绢子摆弄，便问二姐讨一块槟榔吃。二姐说槟榔倒有，只是从来不给别人吃。贾琏近身去拿，二姐怕有人看见不雅，便把自己的槟榔荷包撂了过来。贾琏接在手里，都倒了出来，拣了半块吃剩下的撂在口里吃了。

尤二姐吃的可能是炼制过的檀香橄榄，太酸太涩没法一下子吃完整颗，每次用牙齿咬一点下来含在嘴里就可回味半天，荷包里这才有半块吃剩的。

槟榔一物，自古就是男女相好的定情信物。南北朝时，九真（今越南北部）人就有这一风俗，男方携带一盒槟榔子向女方求婚，

槟榔

女方取槟榔而食，就是应允之意。

南方的槟榔被作为贡品献到皇帝那里，一时在南朝流行开来。

以吃槟榔出名的是东晋末年的刘穆之。当时他还没辅佐刘裕起兵讨伐桓玄，没官做就穷，穷就穷吧，他还好酒好肉不修边幅，跟着妻子去娘家吃闲饭。刘夫人姓江，江氏兄弟烦他老来吃白食，常常用言语羞辱他，他就当没听见。总之，脸皮老老，肚皮饱饱。有一回，他又去蹭吃蹭喝，酒足饭饱后还要槟榔吃，江家兄弟就说槟榔是消食的，你三天两头饿肚子，哪里用得着这个？后来刘穆之发迹，设宴请妻舅们吃饭，酒醉之后，还令人用金盘盛了一斛槟榔端了上来。后来“一斛槟榔”就成了典故。李白《玉真公主别馆苦雨，赠卫尉张卿》云“何时黄金盘，一斛荐槟榔”，就是以刘穆之自比。

南朝贵族阶层吃槟榔之风，还可从谢混的一则逸事中窥到。

南朝人尚存魏晋风度，不拘小节，放诞不羁。谢混长得十分美貌，时人称为“江左风华第一”，和侄子谢晦站在一起，宋武帝刘裕赞美说“一时顿有两玉人”。四月初八浴佛会，大寺院里幡幢若林，香烟似雾，梵乐法音，聒动天地。谢混风流自赏，在寺院中看见十四五岁的少年王高丽丰姿出众，赠以槟榔，才见面就拉着人家的手说：“王郎，谢叔源（谢混字叔源）可与周旋否？”见面就赠人槟榔，只怕是居心叵测。

中国文化向来喜欢用谐音，“鹤穗”谐音“鹤岁”，意指白头到老；“梅鹊”是“喜上眉梢”；“槟榔”常谐音作“槟郎”，意指情郎。

相思意已深，白纸书难足。字字苦参商，故要槟郎读。　　分明记得约当归，远至樱桃熟。何事菊花时，犹未回乡曲。

——宋·陈亚《生查子·闺情》

《吴录·地理志》中记载了槟榔的食用方法：“得古贲灰、扶留藤食之，则柔而美。”（《太平御览》引）扶留藤现名蒌叶，民间也称其为槟榔药。古贲灰是牡蛎壳磨成的粉，也称蛤灰；现在有人嫌制作麻烦，改用生石灰。这三样东西吃下去，多香多美倒未必，确实能引起胸闷、心悸、血液循环加快、面色潮红、身体发热流汗等，甚至有酒醉之感，昏睡不醒。这其实是生物碱在血液里起了作用，但喜欢吃槟榔的人，要的就是这种眩晕感，美其名曰槟榔醉。

过了上千年，吃槟榔的方法仍袭用古法，不得不感叹食物的记忆比文字更古老。

槟榔自传入中原那天起，就与男女婚姻有关，带有调情的意味。贾琏一眼看到二姐摆弄的槟榔荷包，马上心领神会，讨要槟榔吃，就像谢混初见王高丽，马上就赠槟榔一样。二姐一出场，手上就拿着槟榔荷包，似乎在等着贾琏问她要——所谓“擅风情，秉月貌”是也。

尤三姐

玫瑰花

第六十五回，尤三姐和贾珍撕破了脸，弄得贾珍挓挲了手，吃又吃不到，扔又舍不得。好不容易经二姐和贾琏劝说，贾珍同意发嫁了她。三姐指名道姓说要嫁柳湘莲，除了他谁都不嫁。

三姐初识柳湘莲，早在五年前，她外婆家做生日，请人唱戏，柳湘莲便在其中。此时尤三姐才十几岁，正是情窦初开的年纪，不知那日柳湘莲扮的是哪出戏，让豆蔻少女心心念念五年。又不知三姐是看中了扮戏之人，还是入戏太深，人戏不分，误以为唱戏的人就是戏中之人。

柳湘莲虽惯串风月戏文，人又浪荡不羁，但对贞洁一事，却是相当在意。当听宝玉说三姐是绝色尤物，便知不妥。他当着宝玉的面说，你们东府里除了那两个石头狮子干净，只怕连猫儿狗儿都不干净。

诚如柳湘莲所说，二尤都被贾珍染指。贾珍把二姐嫁给贾琏，也是安了方便亲近三姐之心。二姐对贾琏死心塌地，原是有些知恩图报的意思。贾琏不计较她从前之事，一心一意和她做夫妻。在小花枝巷生活的几个月，是二姐一生最幸福的时光。只是这幸

玫瑰

尤三姐 玫瑰花

福是假象。

三姐和贾珍周旋，不过是仰人鼻息，忍耻而活。她捅开窗户纸大闹之后，贾珍不甘，待要放弃，又舍不得这么个美人。贾琏劝他说这是块肥羊肉，只是烫得慌；玫瑰花儿可爱，刺多扎手。

世上“蔷薇”皆草木，唯有“玫瑰”是珠玉。“玫瑰”在唐朝以前，指的并不是花，而是一种玉石。南朝沈约《登高望春诗》曰“宝瑟玫瑰柱，金羁玳瑁鞍”，弹的宝瑟，玫瑰之玉为柱；骑的骏马，金饰络头，玳瑁饰鞍。

唐时，人们在东边近海的向阳山坡上，发现了一种蔷薇。这种蔷薇不是藤本是灌木，坚硬的枝条上长满了刺，密密的挨不了手；花朵又大又红，像一只红色的玉碗，芳香扑鼻。人们登时喜欢上了这种蔷薇，就算刺再多再扎手，也要移栽回家，镇日相对。

将这种蔷薇叫作“玫瑰”，是因为它的果子红如珊瑚，珠圆玉润，晶彩夺目，像玫瑰美玉。

在中唐到晚唐的这段时间里，“玫瑰”既是玉，也是花。刘禹锡的诗里，“玫瑰”玉石还是银筝的配件：“青牛文梓赤金簧，玫瑰宝柱秋雁行。”徐夤的笔下，“玫瑰”就是花了：“秾艳尽怜胜彩绘，嘉名谁赠作玫瑰。”

原种玫瑰为单瓣，紫红色，或者玫瑰红色。玫瑰有几个变种：粉红单瓣玫瑰、紫花重瓣玫瑰、白花单瓣玫瑰、白花重瓣玫瑰等。宋人诗歌里已见白玫瑰，“玫瑰莹白花草魁”；至于紫玫瑰、红玫瑰，更是常见，“下阶笑折紫玫瑰”“看取架上红玫瑰”。

随着种植增多，玫瑰也不那么珍奇了，宋人把它当作寻常花木，以之入诗也漫不经心，什么“环池又栽数品花，蜀葵玫瑰与石竹”，把它和蜀葵、石竹这些草本花卉归为一类，真正是“珠玉蒙尘”。

到了明代，世人对玫瑰的态度愈加轻慢，《学圃余疏》中甚至说："玫瑰非奇卉也。然色媚而香，甚旖旎。可食可佩，园林中宜多种。"

明朝人开始吃玫瑰。高濂的《遵生八笺》中有玫瑰花酱的做法：紫玫瑰晾干后，加糖霜同捣。《金瓶梅》里有玫瑰泼卤，搅拌在茶里吃。再到《红楼梦》中，除了有中式传统做法的糖腌玫瑰卤子，还有用西洋蒸馏法得到的玫瑰清露。

玫瑰原产华北和东北，日本和朝鲜也有分布。《清稗类钞》中说，宁古塔东门外三里，有林，名"觉罗"，即清朝皇室发祥地。自东而北而西，沿城皆平原，榛林、玫瑰一望无际。五月间，玫瑰开花，香闻数里。吴兆骞被发配宁古塔二十余载，曾采玫瑰制成玫瑰糖，传授给当地人，当地人十分珍爱。

贾琏和兴儿都把三姐比作玫瑰花，可见三姐容貌之丽。唐长孙佐辅《古宫怨》诗里有几句，颇像是二姐和三姐的写照："窗前好树名玫瑰，去年花落今年开。无情春色尚识返，君心忽断何时来。""拊心却笑西子颦，掩鼻谁忧郑姬谤。""始喜类萝新托柏，终伤如荠却甘荼。"

诗里用了两个典故，一是东施效颦，一是掩袖工谗。前一个世人皆知，不必再说。"掩袖工谗"是战国时楚怀王宠妃郑袖的故事。楚王新得了美人，十分高兴。郑袖表现得比楚王还喜爱新人，把最好的衣饰拿给新人装扮。楚王以为郑袖不是嫉妒之人，对郑袖非常信任。郑袖对新人说，楚王很喜欢你，只是觉得你的鼻子不太好看，下次见到楚王，就把鼻子遮起来。楚王见新人以袖遮鼻，问郑袖这是为何。郑袖说好像是嫌大王你有臭味。楚王大怒，命人割去新人的鼻子。

尤二姐虽是吞金自尽，但凤姐的挑拨和秋桐的谩骂才是致命的；尤三姐虽是饮剑自刎，根源却在于流言蜚语让柳湘莲起了疑忌之心。流言和毁谤才是真正的杀人的刀。

就像楚王的美人一样，二姐、三姐也备受诽谤之苦，好容易丝萝得托松柏，结局却令人伤心。比起她们所受的苦来，苦菜都像荠菜那么甘甜。

巧姐

柚子和香团

刘姥姥二进荣国府，史太君两宴大观园，吃饱了喝足了，众人在园子里随处坐卧游玩，以便消食。凤姐这天一大清早就进了大观园侍奉老祖宗，留在家里的小女儿被人带了来园中玩。凤姐的小女儿这时候还没取名，连个乳名都没有，只叫作大姐儿。

这时大姐儿手里抱着一个柚子，见刘姥姥的孙子板儿抱着一个佛手，便也要佛手。这佛手是在秋爽斋吃饭时探春给的，板儿已经玩了有许久了，不觉得稀奇了，接过众人换给他的柚子，当球踢着玩去了。

在大姐儿要板儿的佛手处，脂批道："小儿常情，遂成千里伏线。"又言，写刘姥姥这一大段文字不是为了"俚言博笑"，而是为了伏千里长线，最终，侯门千金和乡村少年竟结为姻缘。脂批说，大姐儿抱的柚子，即"香团之属"，香团又名香圆，"圆"谐音"缘"，这正是作者写大姐儿怀抱柚子的原因；板儿抱的佛手，有指点迷津的寓意。

《红楼梦》写凤姐的女儿巧姐，年岁含糊不清。一开始冷子兴演说荣国府，说凤姐已有二十岁，那时黛玉是五六岁。第十三回周瑞家的送宫花，进了凤姐住的院子，东边房里奶子正拍着大姐儿睡觉，这个时候的大姐儿就按一岁算吧。第二十二回宝钗过十五岁生辰，黛玉比她略小一点，也有十三四岁了。到第三十九回刘姥姥二进荣国府，大姐儿再次出场，还是没名字。这时的大姐儿至少也有四五岁了，还是被奶妈抱在怀里，仍是一个婴儿模样，而五六岁的黛玉已经跟着贾雨村读书了。作者写大姐儿在四五年里始终是一团孩气，不肯长大，大概就是为了让刘姥姥给她取名字的。

巧姐在十二钗里是个无足轻重的小配角，像是为了凑足十二这个整数而存在的。她在前八十回里最重要的一回出场就是抱个柚子，和板儿交换了佛手。脂砚斋这位书评人在这里跳出来，如作者附身一般地大加指点：看官们注意了啊，巧姐抱的柚子是香团一类的果子，香团就是香圆，"圆"字"应与缘通"，她将来是要和板儿这傻小子结下姻缘的；作者都在这里放了一枚佛手指路了，不要漏看了。

柚子，读者都很熟悉，秋天上市，大小像一个排球，金黄芬芳，皮厚过寸，果肉多汁，一个足有好几斤，一个人要吃好几天才能吃完。著名的品种有沙田柚、坪山柚、金香柚、文旦等。其中，文旦几乎是柚子的代名词，很多人以为文旦是产地名，就像沙田一样。实际上，据清光绪《闽产录异》载，文旦是一个姓文的小旦家里出产的名种柚子，在漳州府长泰县溪东，当时一共也就四五十棵树，因质优味佳，一直是贡品。《漳州府志》载："柚最佳者曰文旦，出长泰县，色白，味清香，风韵耐人。"当时有对联曰："霜后旧藏文旦果，雨前新试武夷茶。"

脂批说柚子即今香团之属，如果不了解柚子的话，就会觉得

香圆

莫名其妙。其实就像文旦是柚子的一个优良品种一样，香团也是柚子的一个品种，只是味道不佳，皮厚瓤酸，不宜食用；但它芳香宜人，一向是摆放室内的闻果。香团又名香圆，所以脂评才会说“圆与缘通”。当时的人，或者说脂砚斋这个批书者认为这个知识点人人皆知，信笔写来，告诉读者作者在这里安排一个柚子的原因，因此下笔用字并不严谨。

就像书中写的，香圆又香又圆，可当球踢。香圆果皮厚，果心疏松，果肉酸涩发苦，不能食用，但作为芸香科的果实，它天然带有类似于橙香柚香的好闻果香，可当闻果，摆设于室内，代替熏香。巧姐抱的这个柚子，应该是果盘里闻香的香圆，而不是如今我们常吃的蜜柚、沙田柚等水分多、果汁清甜、果肉柔嫩、果香浓郁的食用品种。

香圆很早就是闻果，放在客厅、卧室、书房里，比熏香更清幽，没有烟火气。五代时的《云仙杂记》里面记载了一个小趣闻：扬州太守仲端，因畏妻而不敢留客人吃饭。有人来拜访，坐久饥甚，仲端入内，“袖聚香团啖之”。这个故事流传在文人笔记或类书里，成为经典的怕老婆故事，博人一笑。故事里提到的香团，可能就是作为闻果摆设的香圆。身为扬州太守的仲端畏妻如虎，拿不出待客的食物，只好到卧室里拿了两个香圆藏在袖子里，带去给朋友吃。

有人说“袖聚香团啖之”的“聚香团”是一种点心，但如果真是面食点心，就没有怕老婆的笑话效果了。又酸又涩的闻果香圆，才更有喜剧感。

芸香科柑橘属的橙、柚、柑橘等有个特点，叶子的叶柄上都生有翼叶，就是在叶子下方的叶柄两边又长出一对狭长的小叶片，像是叶柄上生了一对翅膀。香圆叶子的形状、质地与柚子相似，但翼叶更接近香橙。香橙就是日本人泡在温泉里的“柚子”，韩国人用来制作柚子茶。

香圆又名香圆枳壳，果皮入药可代枳壳。过去认为香圆是柚子的变种，现在研究发现，它是柚子与香橙的杂交种。

香圆和香橼不是同类，香圆是柚子类。柚子分布偏北，最北可到河南南部；香橼产闽越和云南，是南方之物。香橼果实为长圆形，表面凹凸不平；香圆为球形或扁球形，表面光滑，一名滑皮香圆。

群芳夜宴

任是无情也动人

第六十三回“寿怡红群芳开夜宴”，是全书最活泼的一段文字。一来人多；二是没有长辈在场，贾母、邢夫人、王夫人都去皇陵给薨逝的老太妃守灵去了。平时管事的是李纨、探春和宝钗，这三人都在夜宴现场。真正是没人管，这才可以撒开了笑闹。李纨说，一年之中，不过生日节间如此，并没夜夜聚饮，不妨事。

有了大嫂子这句话，宝钗也不那么端着了。晴雯掷出骰子，开出六点，数至宝钗。宝钗将签筒摇了一摇，掣出一根，签上画着一枝牡丹，题着“艳冠群芳”，下面镌刻了一句唐诗：“任是无情也动人。”

大家都认为十分恰当，只有她配称牡丹花。这句诗出自唐末罗隐的《牡丹花》：

似共东风别有因，绛罗高卷不胜春。

若教解语应倾国，任是无情亦动人。

芍药与君为近侍，芙蓉何处避芳尘。

可怜韩令功成后，辜负秾华过此身。

一面引人出来，转过山坡，穿花度柳，抚石依泉，过了荼蘼架，再入木香棚，越牡丹亭，度芍药圃，入蔷薇院，出芭蕉坞，盘旋曲折。

清　孙温　全本红楼梦图

任是无情也动人

牡丹

清　蒋廷锡　仿宋人设色勾染图册

牡丹有倾国之颜，芍药在它旁边只能为侍，芙蓉更是不知避在哪里。偏偏后面黛玉就掣中了芙蓉签，作者真是狡猾之至。末联的“韩令”指唐宪宗时的宣武军节度使韩弘。元和十四年（819），韩弘入朝拜司徒、中书令，居住在永崇里。韩弘一进宅邸，看到院中有牡丹花，便下令砍除，说：“吾岂效儿女子耶！”韩弘觉得自己堂堂一员武将，不是那些油头粉面的红男绿女，对这些花花草草没兴趣，都给砍了。罗隐感叹说，韩弘这个粗人，辜负秾华啊。

“若教解语应倾国”，用的是杨妃故事。《开元天宝遗事》中说，太液池上，千叶白莲盛开，明皇和贵戚共赏。明皇看了莲花，却指着杨妃说：莲花又哪里比得上这朵解语花？

牡丹自从出山，便是花中之王。开元年间，宫中牡丹盛开，玄宗和杨妃一起赏花。当时李龟年以善歌闻名天下，正要歌唱助兴，玄宗说，赏名花，对妃子，怎么还唱这些陈词滥调？快去把李白叫来！于是命李白作清平调歌词三章，由李龟年演唱，梨园弟子丝竹伴奏，玄宗亲自吹笛。诗中说：“名花倾国两相欢，长使君王带笑看。解释春风无限恨，沉香亭北倚阑干。”

这个时候，牡丹花还叫木芍药。牡丹花似芍药，有木质茎干，花朵硕大美艳。《开元天宝遗事》上记了一则皇家花边新闻，说唐明皇宿酒初醒，靠在杨妃肩上同看木芍药。明皇折了一枝给杨妃闻香，说，不独萱草能令人忘忧，这花香艳，尤能醒酒。明皇自从有了杨妃为伴，大约就没醒过酒。

在《红楼梦》里，作者两次把宝钗比作杨妃。第二十七回写宝钗扑蝶，回目即是“滴翠亭杨妃戏彩蝶”。第三十回“宝钗借扇机带双敲”，宝玉问宝钗怎么不去清虚观看戏，宝钗说怕热，宝玉嘴欠，说道：“怪不得他们拿姐姐比杨妃，原来也体丰怯热。”宝钗不由大怒，又不好发作，便冷笑了两声，说道：“我倒像杨妃，只是没一个好哥哥好兄弟可以作得杨国忠的！”

牡丹花自唐代起，就是皇家禁园之物。唐显庆五年正月，高宗和武后从洛阳出发，游汾阳宫，至太原，在太原西河众香精舍里看到了僧人种的木芍药，大为惊叹赞美。这样华丽的花木，皇家园林居然没有，便命移植到洛阳，从此洛阳牡丹盛于海内。到了天宝年间，长安兴庆宫里的木芍药盛极，这才有了李白的《清平调》诗。

“牡丹”一名，出现甚早。南北朝时期，谢灵运曾说永嘉水间竹际多牡丹。牡丹喜旱向阳，不生长在林下水边，温州也不是牡丹的原产地。谢灵运说的牡丹，应是白术。《广雅》上说：“白术，牡丹也。”“牡丹”最早是指菊科的白术，后来不知怎么的，被借用给了木芍药。这一借就刘备借荆州，没打算还。至迟在中唐以后，木芍药就叫牡丹了，刘禹锡有《赏牡丹》诗：“庭前芍药妖无格，池上芙蕖净少情。唯有牡丹真国色，花开时节动京城。”

第二十八回“薛宝钗羞笼红麝串”，宝玉看着宝钗雪白一段酥臂，不觉动了羡慕之心，只见宝钗脸若银盆，眼似水杏，唇不点而红，眉不画而翠，不觉就呆了。第六十三回“寿怡红群芳开夜宴”，宝钗掣得牡丹花，宝玉拿着那签，口内颠来倒去念“任是无情也动人”。宝玉看宝钗，就算也曾如此忘情，结局也不过是“举案齐眉，到底意难平”，真正是应了那句诗：“辜负秾华过此身。”

日边红杏倚云栽

寿怡红群芳开夜宴，宝钗掣中了牡丹花，让芳官唱了一支《赏花时》。芳官唱完，宝钗掷出十六点，数到探春。探春伸手掣了一根出来，一瞧，便掷在地下，红了脸。袭人等忙拾了起来，众人一看，上面是一枝杏花，写着“瑶池仙品”四字，诗云：“日边红杏倚云栽。”注云：“得此签者，必得贵婿，大家恭贺一杯，共同饮一杯。”

占花名原就是用花的象征意义来占卜各人前程。花本身没有任何意义，所有的意义都是人赋予的。屈原把人间草木分成香草和恶草，就此开启了以花咏志的传统。后世文人受他影响，以草木寄托自己的情怀，感时花溅泪，恨别鸟惊心，一草一木，都和人的悲喜相关。同一个桃花，可以是“桃之夭夭，灼灼其华”，也可以是“轻薄桃花逐水流”。因此占花名的重点是花签上用的是哪一句诗。诗在流传的过程中又会衍生出新的含义，怎么去解读诗意，这才是最关键的地方。

以前的人去庙里求签，签上多是一些模棱两可的诗句俗语，求到签的人看了摸不着头脑，就要去问解签的人。解签的人会问

清 孙温 全本红楼梦图

求的是姻缘还是前程，不同的问题有不同答案。

探春的花签上，诗句是“日边红杏倚云栽”，注云“必得贵婿”，这是前程和姻缘都有了。对当时深锁闺中的女孩子来说，姻缘就是一生的归宿了。

因王母娘娘有蟠桃宴，“瑶池仙品”通常指的是桃花。芳官唱的《赏花时》，是汤显祖《邯郸记》中的一支曲子，为何仙姑所唱。吕洞宾下凡度一人，代替何仙姑天门扫花。临行时，何仙姑唱了这支曲子，嘱他早去早回，不要误了王母娘娘的蟠桃宴。“若迟呵，错教人留恨碧桃花。”碧桃花代指的是王母寿宴。杏花的仙籍不是从天而降，而是来自人间帝王。

唐朝时，大雁塔南通善坊有杏园。每年春，新科进士及第，皇帝赐探花宴，便在杏园举行，称“杏园初会”。唐僖宗时，渤海郡寒门士子高瞻十年场屋，不中一第。乾符二年（875），再次落第的高瞻写了一首《下第后上永崇高侍郎》，诗曰：“天上碧桃和露种，日边红杏倚云栽。芙蓉生在秋江上，不向东风怨未开。”他把自己比作江边的芙蓉，不像天上的碧桃、杏园的杏花，有春天的阳光和雨露，能得到天子的眷顾。芙蓉花时运不济，开在秋天，遇不上东风，也没有怨言。言外之意是希望得到高人的提携，这个高人就是诗题中的高侍郎。永崇是永崇坊，高侍郎是高骈。高骈也是渤海郡人，世家子弟，祖父是南平郡王，乾符二年因败南诏而进官检校司徒。高骈虽是武将，却十分喜爱文学，看到高瞻这首诗，大加赞赏，便向同僚举荐。乾符三年（876），高瞻得中进士，十年辛苦，一朝扬眉吐气，遂了平生之志。

在高瞻的诗中，日边红杏，确实和皇帝有关，但离和“必得贵婿”产生关联还差一步。这一步，要到曹寅的时代才能完成。

宋　马远　倚云仙杏图

《红楼梦》中元妃省亲当晚，点了四出戏，第一出是《乞巧》，出自《长生殿》。《长生殿》第七出《幸恩》，讲杨妃的姐姐虢国夫人得了玄宗的青睐，望春宫侍宴，独承新宠。杨家的大姐韩国夫人次日一早去向妹妹道喜，虢国夫人问有何喜，韩国夫人说："邀殊宠，一枝已傍日边红。"这句虽没有提到杏花，但一看便知是从"日边红杏倚云栽"中化出。

贾琏的小厮兴儿说过，三姑娘也是一位神道，可惜不是太太养的，"老鸹窝里出凤凰"。贾母带了刘姥姥游大观园，在秋爽斋设宴，隔着纱窗看见后院的梧桐。庄子说"鹓鸰非梧桐不止，非练实不食"，鹓鸰即为凤类。后来，庄子之说慢慢演化为凤凰非梧桐不栖。"秋爽斋"后院的梧桐，也暗示了探春的身份。

第七十回，众人放风筝，探春放的是软翅子凤凰风筝。黛玉把自己的风筝线剪了，放放晦气，宝玉的也放了，与黛玉的那个美人风筝做伴去。探春正要剪自己的风筝，天上又来了个凤凰风筝，两个风筝绞在了一起，又来了一个喜字风筝还带着响鞭也绞在了一起。三个风筝的线绞成一股，乱顿着都断了，飘飘摇摇去远了。

这一段描写，正好对应了第五回"金陵十二钗正册"中暗示探春命运的图画："画着两人放风筝，一片大海，一只大船，船中有一女子掩面泣涕之状。"几处互证，得出的结论是探春远嫁为王妃。

探春远嫁影射的是历史上公主和亲联姻。康熙帝有九个女儿，其中七位都远嫁蒙古王公。和专属探春的曲子《分骨肉》里唱的一样："从今分两地，各自保平安。奴去也，莫牵连。"

竹篱茅舍自甘心

寿怡红群芳开夜宴，李纨掣出一根签来，上画一枝老梅，写着“霜晓寒姿”四字，诗是“竹篱茅舍自甘心”。李纨笑说真有趣，“我只自吃一杯，不问你们的废与兴”。

李纨这一句“不问你们的废与兴”，说尽她在贾府里的处境和为人。韶华胜极的大观园里，她自躲在小小的稻香村，旁人的悲也好，喜也好，都不与她相干。她虽然住在大观园里，却是大观园的旁观者，虽与众姐妹说笑宴乐，但始终带着抽离的姿态。

李纨作为荣国府二房大少奶奶，当日贾珠在时，权柄风光一如凤姐。就算性格教养让她不像凤姐那样泼辣尖利，但威严权势总在，办事的婆子、媳妇、丫头们也要看她的脸色，揣摩她的心思，走她的门路，送她礼物，以谋个差事。只是贾珠一朝去了，她身为孀居寡妇，不得不收拾起来，换下少奶奶的艳妆，穿颜色素淡的衣裳，脂粉钗环一概不用，槁木枯井般过她的余生。

她与妙玉的身份有些像。妙玉住在大观园里，守着青灯古佛，做日课夜课，如果没有黛玉宝钗来吃茶，那些古董彝器又到哪里去显摆？芦雪庵联句，李纨说栊翠庵红梅开得好，但她讨厌妙玉

梅 清 钱维城 淑景迎韶卷

为人，罚宝玉去讨。想妙玉天天在庵里静修，又不出来和众人联谊，她的讨厌从何而来？也许她从妙玉的身上看到了自己的孤介，她讨厌的是她避不开的命运。她只能指望儿子贾兰。待儿子将来考取功名，做官封爵，簪缨悬印，生儿育女，婢仆满院，她也会像贾母一样欢欢喜喜、慈眉善目地做一个老封君。

签上的诗出自宋人王淇的《梅》：

> 不受尘埃半点侵，竹篱茅舍自甘心。
> 只因误识林和靖，惹得诗人说到今。

林和靖就是林逋，“和靖”是宋仁宗赐的谥号。林逋年轻时漫游江淮，壮年后隐居杭州西湖孤山。他曾说志之所适，非室家，非功名，非富贵，青山绿水才与自己性情相宜。他以梅为妻，以鹤为子，诗画自娱。他最为世人熟悉的诗句是“疏影横斜水清浅，暗香浮动月黄昏”，两句诗写尽梅花风韵，后人再写梅花，均不能脱其窠臼。

孤山离湖滨不过一条白堤，但林和靖二十多年不下山，不履城市；李纨身在锦绣灿烂的大观园中，自居竹篱茅舍的稻香村里，大观园再春深似海、花团锦簇，也与她无关。她便是大观园栊翠庵山坡上的一株老梅，面对的是温柔富贵乡，背靠的是苦修清净地。

古人赏梅，推崇老梅，必得虬枝如龙，瘿瘤如鬼脸才好，似乎梅桩不老不足赏。

梅树经老，如今仍有隋梅、唐梅、宋梅存世，名寺古刹中不乏七八百年的老梅。某年二月底，我曾在云南丽江城外的一个村子里，见到一棵老梅，高逾屋顶，疏花淡香，树姿古朴，半偃半仰。屋中老人见我对着这棵老梅拍照，缓步走出，对我言道这是一株百多年的梅树，至今年年结青梅。神情中不无自豪。

赏梅之风自宋人始盛。宋人雅人深致，一开始就懂得欣赏老梅出尘的风采。翁卷的诗说尽了老梅的妙处：

孤高不受埃，老怪昔谁栽。
仙魄乘槎去，龙身带雪来。
数枝寒照水，一点净沾苔。
头白狂诗客，花时屡往回。

——宋·翁卷《道上人房老梅》

仙魄乘槎，不受尘埃，老梅是一首游仙诗。

再如宋人林尚仁的老梅诗：

门似野人家，空园拟种瓜。
有僧分石坐，无酒问邻赊。
独鹤喜欲舞，老梅寒自花。
此身归未去，犹愧暮林鸦。

——宋·林尚仁《过友人幽居》

梅花自开自落，百年生涯，自由自在，老梅是一篇归田赋。又如宋人章云心的诗句，可以诠释老梅的全部内涵：

老梅何偃蹇，雪时方始花。
自守岁寒性，不肯随春花。

——宋·章云心《古意十四首·其一》

宋人对自身命运的关注更胜唐人，更追求内心的宁静，老梅的傲骨不屈天然与宋人的内心世界相契合。老梅可以说是宋人的精神象征。

“金陵十二钗正册”中，李纨那页也是一画一诗，画是一盆茂兰，旁边有一位凤冠霞帔的美人；诗是“桃李春风结子完，到头谁似一盆兰。如冰水好空相妒，枉与他人作笑谈”。“李”是李纨之姓，“完”谐音“纨”，“兰”是贾兰。“如冰水好空相妒”一句须结合曲子里的“镜里恩情，更哪堪梦里功名”来理解。“如冰”是指镜子，南朝萧纲有《咏镜诗》，形容镜子光滑明净，说“如冰不见水”。“梦里功名”自然是从黄粱梦、南柯梦而来。戴珠冠、

清 孙温 全本红楼梦图

回头一看，恰是妙玉门前栊翠庵中有十数株红梅如胭脂一般，映着雪色，分外显得精神，好不有趣！

披风袄之日，也就是黄粱梦醒、黄泉路近之时。一切不过是镜中花、水中月。

有意思的是，梅花长在妙玉住持的栊翠庵山坡上，李纨居住的稻香村周围是桑榆木槿，院里是佳蔬菜花，门外有几百株杏花，开得喷火蒸霞一般，这也是宝玉为这处农庄题名“杏帘在望”的来由。这杏花林似与稻香老农李纨的守静之风不匹配，实则不然。杏花象征的是进士及第、杏园初会、簪缨悬印、爵禄高登。

书中写宝玉“顺着山脚刚转过去，已闻得一股寒香拂鼻。回头一看，恰是妙玉门前栊翠庵中有十数株红梅如胭脂一般，映着雪色，分外显得精神，好不有趣”，后面写宝玉去栊翠庵讨了红梅来，众人赏花，是“花吐胭脂，香欺兰蕙”。白雪红梅，方能显出梅花的艳来，就像赏雪时众人的穿着，一色大红猩猩毡的斗篷，红白相映，越发显得红的红，白的白，色彩鲜明，画一般美。

这个时候的梅花，必得是朱砂红梅方妙，绿萼梅、白梅嫌素，就没有这样跳跃感的搭配令人欣喜。作为园林配置的观赏树木，在设计时便考虑到了天气的因素。大观园是一座纸上园林，安排什么树木全凭作者一支笔，他要的就是让读者在想象中出现一幅仇十洲的《双艳图》。

只恐夜深花睡去

第六十二回宝玉生日，红香圃午宴猜拳，湘云喝多了酒，在芍药裀里用手帕包了芍药花瓣当枕头，在石凳上睡了一觉。这幅画面是极其美丽的，后世画家画红楼十二钗，湘云一定是“眠芍”。湘云年纪比黛玉还小，这时只是个十二三岁的少女，因此她昼眠花裀，只觉娇憨，不觉香艳，不涉情欲，一派天真。

到了晚间，怡红院开夜宴，大家掣花名签子，湘云抽中的是海棠花，题着“香梦沉酣”，诗是“只恐夜深花睡去”。黛玉打趣说，把“夜深”二字改成“石凉”，就是白天的写照。

这句诗出自苏轼的《海棠》：

东风袅袅泛崇光，香雾空蒙月转廊。
只恐夜深花睡去，故烧高烛照红妆。

当日大观园题对额，一走进怡红院，清客中有人甫见海棠花，脱口而出“崇光泛彩”；元春省亲时，宝玉的《怡红快绿》匾额诗颈联是“绿蜡春犹卷，红妆夜未眠”。这一额半联，都出自东

贴梗海棠（左）　垂丝海棠（右）　清　邹一桂　联芳谱图册

坡的这首海棠诗。

如前面“白海棠”篇所说，宋人《太真外传》中载，唐明皇在沉香亭召见杨妃，见她一脸的酒意、满身的醉态，欢喜非常，不是把她比作牡丹，而是比作海棠春睡未足。也许在他看来，雍容华贵的牡丹是正大仙容、仪态万方时的杨妃，鬓乱钗横、醉眼蒙胧的杨妃是风流袅娜的海棠。自此之后，醉酒的贵妃成为戏剧舞台上最美丽的形象之一。

湘云昼卧芍药裀，正是因为醉酒。她卧在石凳子上，口里还唧唧嘟嘟说着酒令，句句不离一个酒字：

> 泉香而酒冽，玉碗盛来琥珀光，直饮到梅梢月上，醉扶归，却为宜会亲友。

怡红院里的海棠本来萎了几棵，也没人去浇灌他……
忽然今日开得很好的海棠花，众人诧异，都争着去看。

清 孙温 全本红楼梦图

书中许多地方都有杨妃的影子，宝钗丰艳，被比作杨妃，宝钗扑蝶的回目是“滴翠亭杨妃戏彩蝶”；探春与杨妃同好，收到过宝玉赠送的荔枝；黛玉好吃醋，也不免让人联想到杨妃善妒，吃过梅妃的醋。杨妃醉酒这一经典场景，作者当然不会放过，考虑到人物的性格特征，最后让湘云担当了这一回的主角。这一天，谁醉酒昼眠花下都不合适，除了洒脱娇憨的湘云。

“海棠”在古代，是多种蔷薇科春花的总称，有木瓜海棠属的木瓜、皱皮木瓜（贴梗海棠）、毛叶木瓜，有苹果属的海棠、西府海棠、垂丝海棠等。宋人小说中的海棠并不能确定是什么海棠。

大约在唐末，今四川中东部和重庆一带兴起了第一轮欣赏海棠的时尚。因产于蜀地，人们便称它作“蜀海棠”，应该是苹果属的海棠。凡见过芳容的人都为之精神一振，个个都说它香。

四海应无蜀海棠，一时开处一城香。
晴来使府低临槛，雨后人家散出墙。
闲地细飘浮净藓，短亭深绽隔垂杨。
从来看尽诗谁苦，不及欢游与画将。

——唐·薛能《海棠》

薛能生活在晚唐，为唐武宗会昌六年（846）进士，官至工部尚书，早年还当过嘉州刺史。嘉州即今乐山，素有“海棠香国”的名号，便是因这有香气的蜀海棠。宋人诗里常说海棠来自西蜀，如曹勋“海棠盛西蜀，豪压春风涂”，如邹浩《曾园见海棠》诗：“海棠簇簇弄繁英，随分相逢眼自青。一种风流似西蜀，何须心着展

垂丝海棠

清 马元驭 海棠

江亭。”“海棠簇簇弄繁英”，说的是苹果属海棠的特征，伞形花序，一个总花梗有 4 到 6 朵花。木瓜属的海棠花是单生的。

宋人陈思为海棠写了专著《海棠谱》，收录了一篇《沈立海棠记》，文中描写了海棠的香气：“其香清酷，不兰不麝。”这种香气不似兰花香，不似麝香，是清酷之气。

读苏东坡的海棠诗，想象一下春天的晚上，月光如练，海棠花在静止的空气里吐露芬芳，香氛越积越多，有风吹过，花香随风散开，扑到脸上，如细雨烟雾，如薄纱。

宋人彭渊材有“五恨”，其中一恨便是“海棠无香”，他说的有可能是木瓜属的海棠。木瓜属的海棠们不香。

海棠中最香的是湖北海棠，产湖北西部和重庆东部，香气清冽，十分好闻。据研究，垂丝海棠有可能是湖北海棠和其他海棠的自然杂交后代。

怡红院里那一株海棠，书中说是西府海棠：

> 一边种着数本芭蕉；那一边乃是一棵西府海棠，其势若伞，丝垂翠缕，葩吐丹砂。

但“其势若伞，丝垂翠缕，葩吐丹砂”这几句，说的倒更似垂丝海棠。

现在说的西府海棠为灌木或小乔木，植株丛生向上，树形直立，种于庭院内，高可覆屋瓦。

垂丝海棠为乔木，树形像伞，枝条开展，植株矮壮，小枝弯曲，花梗纤长，花朵下垂，才被命名为“垂丝”。古人曾经惊讶它花梗之长，怀疑它是樱桃嫁接的。

怡红院的这棵海棠姿态如此娇袅，连贾政都起了怜惜之心，说这叫“女儿棠”，传说是从女儿国来的。宝玉则说，大约是骚人墨客因它色红晕若施脂，轻弱似扶病，大近乎闺阁风度，所以以“女儿”命名。从这里可以看出，贾政虽然老是一本正经，但闲书也看了不少，对海棠这么熟。他的书斋名是“梦坡斋”，一看即知是苏东坡门下走，熟读他的诗。

开到荼蘼花事了

寿怡红群芳开夜宴，占花名各人卜前程。宝钗掣出牡丹，探春掣了杏花，李纨掣了梅花，湘云掣了海棠，又抓起骰子来，一掷九个点，数去该麝月。麝月掣了一根出来，上面是一枝荼蘼花，题着“韶华胜极”四字，写着一句诗：“开到荼蘼花事了。”麝月问怎么讲，宝玉皱眉忙将签藏了说：“咱们且喝酒。”

书写至这一回，正是大观园韶华胜极之时，当晚便是贾敬去世，尤氏理丧，跟着就是尤三姐自刎、尤二姐吞金，再然后痴丫头误拾绣春囊，惑奸谗抄检大观园，碰死了司棋，病死了晴雯，逐走了芳官、蕊官一干人，折磨死了迎春，虐杀了香菱……那些美好的年轻生命一一断送在读者眼前。掩卷回想，宝玉过生日那一天，果然是“韶华胜极”之时，大观园从此繁华不再，旖旎妩媚风流云散。

一从梅粉褪残妆，涂抹新红上海棠。
开到荼蘼花事了，丝丝天棘出莓墙。

——宋·王淇《暮春游小园》

清　蒋廷锡　花卉虫草图册

古画中的荼蘼

原画题诗云“记得飞英长啸堂”，用范镇飞英会典故。所绘应为黄木香花。

短短四句，就把三春景色写尽了，从初春的梅花，到仲春的海棠，再到春末的荼蘼，荼蘼谢后再无春花，只有莓藓苔钱覆满了墙。这正是三春去后诸芳尽之象，怪不得宝玉要藏起来。

荼蘼本作酴醾，原是酒名，是一种经几次复酿而成的甜米酒，也称重酿酒。唐朝新科进士及第，皇帝于月灯阁置打球宴，赐宰臣以下酴醾酒。酴醾酒不是寻常人家能拥有的，皇帝天恩浩荡，要嘉奖新进士，才有酴醾酒赏赐。

曹寅主编的《全唐诗》收录了近五万首诗，提到酴醾的共有三首，两首皆是指酒："红粉当垆弱柳垂，金花腊酒解酴醾。""彩胜年年逢七日，酴醾岁岁满千钟。"唯一一处指花的是"禁烟佳节同游此，正值酴醾夹岸香"，作者为"崇圣寺鬼"，出自五代王仁裕《玉堂闲话》，是一个志怪故事中的人物。

五代入宋的陶谷著有《清异录》，其中多次提及荼蘼（写作"酴醾"）。书中记载，南唐名士韩熙载说对花焚香，要风味相和，才能体会出其中的妙不可言；比如供桂花宜焚龙脑香，供荼蘼花宜焚沉水香。

陶谷家里种有一本荼蘼，他很是喜欢。春末，荼蘼盛开，他特地为荼蘼宴客，请在座的客人为荼蘼取名号，有赛白蔓君、四字天花、花圣人、慈恩傅粉、绿衣郎、独步春、沉香密友等。这些名号中，独步春和沉香密友后来被引用颇多。

陶谷说，荼蘼和木香事事称宜，连卖花的人都这么说，是谓"百宜枝杖"。又说当时的妇女爱重荼蘼，盛开时置书册中，冬天取出插鬓，叫"花腊"。书中还记录了唐人薛能的一句赏荼蘼诗"香琼绶带雪缨络"，"雪缨络"也和"独步春"一样，是荼蘼的代名词。

到了宋朝，荼蘼诗一下子多了起来。晏殊夸它"唤将梅蕊要同韵，羞杀梨花不敢香”，梨花本来就不香，他偏说是自惭形秽不敢香。司马光在某年的三月三十日见荼蘼花开在微雨中，写诗以记：“宝相锦铺架，荼蘼雪拥檐。”看来他家的宝相花和荼蘼花都开了。

和欧阳修、宋祁一同修过《新唐书》的范镇，年少时写过一篇《长啸却胡骑赋》，后来出使辽国，辽人称他为长啸公。范镇住在许下时，建造了“长啸堂”，堂前有荼蘼架，春季花开如锦被。客人坐其下，花落入谁的酒杯中，谁便要喝一大杯；有时一阵风吹过，落花无数，举座无有遗漏，人人都饮。当时人称之为“飞英会”。

鲜于侁写有《洋州三十景》，其中一景是荼蘼洞：“天香分外清，玉色无奈白。谁向瑶池游，依稀太真宅。”文同做洋州知府，这样的美景怎么能不去看呢？看了怎么能不写诗呢？他写了诗寄给表兄苏轼，苏轼写诗相和，写的是四川家乡山野里的野荼蘼：

长忆故山寒食夜，野荼蘼发暗香来。
分无素手簪罗髻，且折霜蕤浸玉醅。

——宋·苏轼《和文与可洋州园池三十首·荼蘼洞》

宋人写荼蘼者极多，仿佛一整个春天里，遥远的宋朝，宫苑、庭园、山寺、郊野遍生荼蘼枝，开满荼蘼花，花如雪积，香风四溢。“秋千几架荼蘼雪”“今日荼蘼飘似雪”“天遣荼蘼玉作花”，可见其白。

那么，荼蘼到底是什么花？长条翠蔓，花开雪白，香气馥郁，正是木香。陈著醉在荼蘼洞中，指着荼蘼说“木香架下春未饶”。生活于南北宋之交的张邦基著有《墨庄漫录》一书，书中说荼蘼

大花白木香

开到荼蘼花事了

是一种木香：

> 酴醾花或作荼蘼，一名木香。有二品：一种花大而棘长条，而紫心者，为荼蘼；一品花小而繁，小枝而檀心者，为木香。

木香花有五种：木香花、单瓣白木香、黄木香花、单瓣黄木香、大花白木香。荼蘼应为大花白木香。

大花白木香是重瓣，用古人的话说是“千瓣塞心”，连花蕊都没有，自然不能结子，繁殖只能靠扦插，一向多种于庭园之中；一旦遇上战乱等等变故，便有枯死断绝之虞。到了明代，荼蘼变成了传说，时人多有不识。荼蘼本自蜀中出，明朝四川人又找出三种蔷薇来命名为荼蘼。《四川志》中说荼蘼有三种颜色：“曰白玉碗，曰出炉银，曰云南红，色香俱美。”这三种蔷薇可能是香水月季的不同品种。香水月季的花苞为粉红色，盛开后变白色，对光看去，花瓣如绸缎，隐隐有珠光流泻，这大约就是“出炉银”了。“出炉银”又名退红，是一种浅红白色。香水月季的原种是大花香水月季，单瓣，乳白色，芳香，这不就是“白玉碗”吗？还有一种粉红香水月季，花重瓣，粉红色，也许就是“云南红”了。

再到现代，荼蘼更是成为传说中的传说。有人说是重瓣空心泡，有人说是悬钩子蔷薇，与古籍中的描述都有对应不上的地方。

大观园里也种有荼蘼和木香。第十七回“大观院试才题对额”里，贾政一行人从稻香村出来，转过山坡，穿花度柳，抚石依泉，过了荼蘼架，再入木香棚，越牡丹亭，度芍药圃，入蔷薇院，出芭蕉坞，盘旋曲折。荼蘼架，木香棚，春光无限。

连理枝头花正开

香菱掣的是并蒂花，一面题着“联春绕瑞”，另一面写着一句诗：“连理枝头花正开。”

花开并蒂，联春绕瑞，一派祥和。但看下原诗，就知道是假象。这句诗出自宋朝女词人朱淑真的《惜春》诗：

> 连理枝头花正开，妒花风雨苦相催。
>
> 愿教青帝长为主，莫遣纷纷落翠苔。

大观园是女孩儿们的避风港，在园中时诸般皆好，四时如春，一旦出了园子，便是凄风苦雨，零落成泥。一如香菱，在园中是春花春柳，外头便逢烈日炎夏；一如迎春，在园中是娇花弱柳，外头却陷虎穴狼窝。

用朱淑真的《惜春》诗预示香菱的结局，有把香菱比作朱淑真的意思。世传朱淑真长于诗书之家，博通经史，能文善画，精晓音律，尤工诗词，素有才女之称。嫁的丈夫偏是个俗吏，两人精神境界相差太远，朱淑真郁郁而终。她另有诗句用了“连理枝”

并蒂莲　选自《本草图谱》

一词，诗曰："东君不与花为主，何似休生连理枝？"书中香菱嫁的丈夫薛蟠更是个庸俗不堪的人，美香菱屈受贪夫棒，命运比朱淑真还要惨。

"连理"一词，本指异根草木，枝干相连，为吉祥之兆。汉朝班固《白虎通·封禅》上说："德至草木，朱草生，木连理。"晋朝干宝的《搜神记》中记载了一个故事，说宋康王手下有个人叫韩凭，妻子何氏十分美貌，宋康王见之起意，囚禁了韩凭，抢走了何氏。何氏登上高台跳下自尽，留遗书说要和韩凭合葬。宋康王大怒，分葬两人，使墓相望。墓上长出大树，根交于地下，枝错于墓上。树上有一对鸳鸯，从早到晚，悲鸣不已，音声感人，时人呼为相思树。这就是相思树和连理枝的最早出处。

《白虎通》说德至草木，树木连理。但最终，爱情以其忠贞把原本象征帝王之德的“连理木”抢了过来。自从白居易《长恨歌》里“在天愿作比翼鸟，在地愿为连理枝”金句一出，连理木便成为爱情之树。

木上生枝，枝上开花，从“连理木”“连理枝”再衍生出“连理花”来，是非常自然的事情。金朝董解元《西厢记》里就有“绣着合欢连理花”的句子。“连理花”即并蒂花，即两朵花并生于花茎上。“合欢”却不是豆科的合欢花，用的是这个词的本义“和合欢乐”，通常指夫妇欢悦。

“连理”和“合欢”这两个词从汉乐府起就联袂出场。“长裾连理带，广袖合欢襦”，汉朝辛延年《羽林郎诗》里率先使用；南北朝萧衍在《子夜歌》里接着唱，“绣带合欢结，锦衣连理文”；隋朝辛德源又有“合欢芳树连理枝”之句。

并蒂花常指并蒂莲，又名并蒂芙蓉。刘禹锡云“今日莲宫并蒂开”，杜甫有“并蒂芙蓉本自双”的诗句，还有皇甫松“芙蓉并蒂一心连”，说的都是并蒂莲。

香菱抽中的并蒂花，书中没说是什么花。香菱原名英莲，她的判词又是“根并荷花一茎香”，花签上画一枝并蒂莲是很合适的。

莲花开后，子房膨大，名莲蓬。莲蓬有子，古名“菂”，也就是莲子。莲子的心名“薏”，味道甚苦。古人凡说莲菂，一定会言其苦，如“采花休采菂，心苦谁如妾”“妾心莲菂苦，愁绪藕丝长”“采莲不采菂中薏，见人但道莲心苦”。等到薛蟠娶了夏金桂，香菱的苦日子真正来临。金桂嫌她名字里的“香”字冲撞了她的“桂”，便把她的名字改为“秋菱”。“水面芙蓉秋已衰”，这一枝并蒂莲离枯死之时不远了。

聚瑞图

雍正帝登基之年，郎世宁献《聚瑞图》，称：“皇上御极元年，符瑞迭呈。分岐（歧）合颖之谷，实于原野；同心并蒂之莲，开于禁池。”图中绘有一茎两穗的粟和并蒂莲。

莲通常一茎一花，在外部环境或基因突变的情况下，会出现一茎双花或多花的现象，这就是并蒂。并蒂莲虽说不多，却也时常出现。每年夏天，新闻里都会有哪里的荷塘里又发现了并蒂莲的报道。这其中，双花并蒂的最多，多至七花并蒂的奇事也有耳闻。古人限于交通不便和信息闭塞等客观原因，看到一枝并蒂莲欣喜异常，认为是德生天地，情感草木，因而对神明心存敬畏，那是一定的。

这样一个苦命的香菱，在怡红院群芳夜宴这天偏偏抽中了画有并蒂花的吉祥花签，可以说是一个极大的讽刺。

芙蓉生在秋江上

“寿怡红群芳开夜宴”一回，是全书的一个高潮，之后贾府就一路往衰败而去。占花名又与第五回宝玉梦游太虚幻境时听到的《红楼梦》曲子遥相呼应。十二支曲子和判词是对红楼一众女子命运的预言，占花名亦是。其时方当季春，芍药盛开，芍药一名“婪尾春”，开在春归之时，三春去后诸芳尽，各自须寻各自门。

当晚第一个掣签的是宝钗，她掣中的是牡丹；第二个是探春，掣得杏花；第三个是李纨，掣得梅花；第四个是湘云，掣得海棠花；第五个是麝月，掣得荼蘼花；第六个是香菱，掣得并蒂花；第七个是黛玉，掣得芙蓉花。这顺序很有趣，基本按照花的时令来。牡丹是花王，放在第一。杏花、梅花开在早春。海棠是仲春之花。荼蘼开时花事了，春花已尽。从牡丹到荼蘼，正是三春之景。香菱的是并蒂花，签上的诗是“连理枝头花正开”，出自宋朝女词人朱淑真的《惜春》诗。这天群芳夜宴，迎春和惜春没来，作者好似有意借这首诗，突出惜春之意。

黛玉掣中了芙蓉花，签上的题字“风露清愁”已经点明，这是秋天了。立秋三候：凉风至，白露生，寒蝉鸣。凡曰风露，皆

木芙蓉 清 董诰 绮序罗芳图册

指秋天，如陶渊明《己酉岁九月九日》：“靡靡秋已夕，凄凄风露交。”“风露清愁”四字出自宋人沈与求的诗：“蒿莱半残垄，风露溢清愁。”“风露清愁”既是秋景，那么黛玉的芙蓉花当然是木芙蓉，而不是莲花（水芙蓉）。

晴雯死后，小丫头胡诌说她做花神去了。偏偏宝玉是个实心眼的痴公子，追问是去做总花神还是单管一样花的花神。这丫头一时诌不出来，恰好八月时节，园中池上芙蓉正开，便见景生情，说是专管这芙蓉花的，是芙蓉花神。“池上芙蓉”四个字，说的颇像是荷花，但既然点明是八月时节，已经立秋，那就只能是木芙蓉了。“池上”二字，指的是池塘边上，所以宝玉才会“将那诔文即挂于芙蓉枝上”。能挂于枝上的，只能是木芙蓉，莲花只

于是夜月下，命那小丫头捧至芙蓉花前。先行礼毕，将那诔文即挂于芙蓉枝上。

清 孙温 全本红楼梦图

有梗，没有树枝，且莲花长在水里，宝玉不可能“涉江采芙蓉”。

黛玉的花签上除了“风露清愁”四个字，还有一句古诗：“莫怨东风当自嗟。”这句诗出自欧阳修的《明妃曲》：“红颜胜人多薄命，莫怨春风当自嗟。”这首诗里并没有芙蓉花，作者先把“春”字改为“东”字，又和唐代高瞻《下第后上永崇高侍郎》的诗意结合起来。高瞻的原诗是：“天上碧桃和露种，日边红杏倚云栽。芙蓉生在秋江上，不向东风怨未开。”作者把这首诗分拆开来，“天上碧桃”改成“天上夭桃”，写进惜春的曲子《虚花悟》里；“日边红杏”送给了探春；还把“江上芙蓉”改头换面让黛玉占了。

按说“红颜胜人多薄命，莫怨春风当自嗟”实在算不上吉祥，但黛玉这个一向多心的人这回看了这句却毫不在意，“也自笑了”，显然很高兴，觉得芙蓉花配得起她。

木芙蓉又名拒霜花。八月秋后，天气肃爽，露凝为霜，木芙蓉此时开放，不惧秋风，不怕霜冻，因此得了这个孤傲的名字。“拒霜”一词，很符合黛玉的形象和性格特征。她在《葬花吟》中自陈道：“一年三百六十日，风刀霜剑严相逼。”黛玉作为秋后芙蓉，不与群芳同开，正好应了她自己的菊花诗：“孤标傲世偕谁隐，一样花开为底迟？”

木芙蓉常见的有两种，一种纯白色，开谢也不变色；另一种初开为白色，次日转粉红，第三日变深红，有个美名，叫“三醉芙蓉”，又叫“二色芙蓉”。宋朝姜特立有《二色芙蓉花》诗：“拒霜一树碧丛丛，两色花开迥不同。疑是酒边西子在，半醒半醉立西风。”

木芙蓉自带酒意醉态，黛玉的芙蓉花签上还有一句注：“自饮一杯，牡丹陪饮一杯。”除了要黛玉喝，还让宝钗陪着。牡丹陪芙蓉喝酒，并不是因为牡丹是花王，而是因木芙蓉除了有“拒霜花”的美名外，还有一名唤作“秋牡丹”。宋朝诗人虞俦有咏芙蓉花诗云：“岩桂搀先还寂寞，菊花殿后尚斓斑。却应独占西风好，乞与佳名秋牡丹。”秋天的花，虽有桂花在前，又有菊花在后，但都不如拒霜芙蓉独占西风，可与牡丹媲美。

另一位宋朝诗人葛立方《题卧屏十八花·拒霜》诗中也说：“沉香亭畔无消息，赖有霜前秋牡丹。”木芙蓉因花大而艳丽，被浪漫风雅的宋朝文人封为秋牡丹，认为它不逊色于沉香亭畔那株牡丹花。是啊，秋花本来就不多，桂花虽然香，但花太小，无法与牡丹比美；菊花虽然花大，也气息清冽，却是弱质草本。只有木芙蓉，独树可成花林，枝叶扶疏四布，娇容三醉，花光照人，可与牡丹相抗衡。

春兰秋菊，各擅胜场。宝钗是牡丹，是花王不假，黛玉是拒霜花、木芙蓉，是秋牡丹，也是花王。

桃红又是一年春

怡红院夜宴中，袭人掣的是桃花。这一段描写很有暗示性。黛玉掣了一根，是芙蓉花，自饮一杯，牡丹（薛宝钗）陪饮一杯。黛玉饮了酒，掷出二十点，轮到袭人。袭人便伸手取了一支签出来，是一枝桃花，题着“武陵别景”四字，诗是“桃红又是一年春”。钗、黛共饮，接下来就是袭人。与宝玉有感情纠葛的可不就是这三人？最后，黛玉死，宝玉出家，宝钗独守，袭人回了娘家，嫁给了蒋玉菡。

武陵一词，在中国文化里有避世之意。当日大观园初落成，贾政带了清客和宝玉为一处处馆轩题名，到了一座假山石旁，忽闻水声潺湲，泻出石洞，上则萝薜倒垂，下则落花浮荡。众人都道好景，贾政问该题何名，众人有道“武陵源”的，有说用“秦人旧舍”的，宝玉说不好，“秦人旧舍”是避乱之意，如何使得？

大观园是为迎接贵妃省亲而建，怎么能用避乱的典故？颂圣方是第一要紧，因此“有凤来仪”“蘅芷清芬”“浣葛山庄”“泮水采芹”才是正路子，宝玉说得有理。

武陵源三字出自东晋陶渊明的《桃花源记》。武陵渔人缘溪而行，忽逢桃花林，林尽水源，山有小口，舍舟入洞，土地平旷，

桃花 清 董诰 二十四番花信图

屋舍俨然，避秦人家便在桃花源内。

西晋灭亡后，司马睿在建康建立东晋。北方士族及皇族南渡，借着长江天险，偏安江南。来自北方的士族和原来南方的士族一直矛盾不断，内乱频生，又兼北伐中原、淝水之战、孙卢之乱、桓玄之乱接连发生，一直到刘宋代晋，百年间少有太平年景。陶渊明生活在东晋末年，曾为桓玄幕僚，又任刘裕参军。政治风云变幻莫测，陶渊明萌生退意，在晋安帝义熙元年赋《归去来辞》，回乡隐居去了。

陶渊明身处乱世，感慨万端，怜悯世人生存艰难，因此创作了《桃花源记》。他在文章中设置了一处与世隔绝的山间平地，让与世无争的百姓得以安身，过得恬淡舒心。从此以后，每逢乱世，就有人幻想有桃花源可避兵灾战火。“世外桃源”，成了中国人心灵的避难之所。

大观园仿佛是一处桃花源，一众姐妹在这里过着诗书花草的神仙日子，一旦离开这里，就是乱世人命不如狗。比如迎春，比如香菱，比如晴雯，比如芳官，莫不如此。唯有袭人是个例外，她在大观园外另有一处避世之所，那个地方叫紫檀堡。

桃花源也罢，秦人旧舍也罢，都有避乱之意。覆巢之下，安有完卵，袭人却可以全身而退，回到娘家，以花家女儿的身份出嫁。

桃花开时灿烂，有若云霞，趁着春光明媚留在枝头三五日，一场春雨一打，就飘落在地，或随流水，或委尘土，半分不由自己做主。“轻薄桃花逐水流”，这是后世对桃花的印象。

在先秦时，桃花是“桃之夭夭，灼灼其华”（《诗经·周南·桃夭》），灿烂无比；到了三国时期，是美人容颜，“南国有佳人，容华若桃李”（三国·曹植《杂诗》）；因陶渊明之文，南北朝时，桃花成了隐逸的象征，“桂丛侵石路，桃花隔世情”（南朝陈·伏知道《赋得招隐》）。

桃花是隐士，桃实是仙果。传说天上有蟠桃园，王母娘娘有蟠桃宴，桃实因此成了长生不老之果。

桃花源，蟠桃园，桃花因此具有两重品格，又是避世又是游仙。中国文人那一颗避世慕仙之心，在一朵灿烂的桃花那里得到了安抚。中国之大，山壑之深，总有地方可避暴政。外面打得乱纷纷的时候，总有一块地方可供耕读传家。

“桃红又是一年春”出自宋人谢枋得的《庆全庵桃花》：

正看到“落红成阵”，只见一阵风过，把树头上桃花吹下一大半来，落的满身满书满地皆是。

寻得桃源好避秦，桃红又是一年春。

花飞莫遣随流水，怕有渔郎来问津。

春来遍是桃花水，桃红又是一年春。对袭人来说，大观园是桃花源，紫檀堡同样是桃花源。她原是因花家穷得没饭吃，被卖到了贾家。对她而言，怡红院就是秦人旧舍，吃穿不愁，生活安稳，倒比在家强百倍。几年好日子过完，贾家大厦倾覆，外面是太平盛世，贾府是兵荒马乱。这个时候，东郊离城二十里的紫檀堡就是武陵别景。

三春花事

黛玉葬花

黛玉葬花是整部《红楼梦》里最经典的片段之一。自此书问世近三百年来，画家凡画黛玉，多是在葬花。“独倚花锄泪暗洒，洒上空枝见血痕。”其身姿恰如苏轼所说：“飘飘乎如遗世独立，羽化而登仙。”脂砚斋评黛玉荷锄，乃是“一幅采芝图”。

至于黛玉葬的是什么花，受众最广的1987年版电视剧《红楼梦》里，陈晓旭扮演的林黛玉葬的是梅花。她鬓边插的，除了一支珠簪，还有一朵粉色的山茶花。这种山茶正式名为“单体红山茶”，另有个好听的名字叫“美人茶”，花从一月中旬开到三月初，和梅花同时。黛玉弱不胜衣的身姿后面，一株株花树上开满了花，花瓣白色，花萼紫红，这是江梅。剧组选的外景地是苏州城外太湖旁边的邓尉山，山上旧有石碑，碑上题刻“香雪海”三个大字，是康熙年间江苏巡抚宋荦所写。此处原是当地人种植果梅的山坡，梅树以果量大的江梅为多，还种了些宫粉梅和绿萼梅作点缀。

黛玉葬梅花，是受了1962年越剧电影《红楼梦》的影响。王文娟老师扮演的林黛玉唱道：“看风过处，落红成阵，牡丹谢，芍药怕，海棠惊，杨柳带愁，桃花含恨……且收拾起桃李魂，自筑香坟葬落英。”虽然唱词是牡丹开过芍药将落，电影里的布景却是一片片的粉红花海。若说那是桃花，又无桃叶相衬，朦朦胧胧，像是一片宫粉梅。

影片为了效果好，用柔媚的粉色来代表春光无限，但实际上书中所写的景色，与这个画面全然不同。黛玉葬花这一天，书中写明是芒种："至次日乃是四月二十六日，原来这日未时交芒种节。"

之所以有这样的误会，是因为书中黛玉葬过两次花。一次是第二十七回 “埋香冢飞燕泣残红”，便是浓墨重彩的芒种葬花，黛玉还吟出长诗《葬花吟》。在这之前，还有一次，在第二十三回“西厢记妙词通戏语”中。那一日正当三月中浣，宝玉携了一套《会真记》在桃花底下读，正看到“落红成阵”，一阵风过，把树头桃花吹下一大半来，落得满身满书满地都是。宝玉恐脚步践踏，用衣服兜了落花，抖在池水里。这时，黛玉来了。她肩上担着花锄，锄上挂着花囊，手里拿着花帚，道：

> 那畸角上我有一个花冢，如今把他扫了，装在这绢袋里，拿土埋上，日久不过随土化了，岂不干净。

三月中浣是谷雨之后，所以宝玉看到的是桃花飘落。越剧电影把两次葬花并作一次，电视剧受越剧的影响，更把时令移到了立春之后，让娇娇怯怯的林妹妹身着单衫葬梅花，也不怕林妹妹冻着。

梅花、桃花、李花、梨花、海棠花等花瓣轻薄，随风飘飞，因此《葬花吟》以“花谢花飞花满天”开篇，写的是初春仲春风光；到“杜鹃无语正黄昏”，用杜鹃鸟写杜鹃花，暗示已是暮春；

凤仙花　选自《本草图谱》

再到诗末的“试看春残花渐落”，说明是送春时节，“花魂鸟魂总难留”，眼前已交芒种，一个春天又过去了。

那黛玉在芒种这天葬的什么花呢？书中有写：

> （宝玉）因低头看见许多凤仙石榴等各色落花，锦重重的落了一地，因叹道：“这是他心里生了气，也不收拾这花儿来了。待我送了去，明儿再问着他。”

黛玉吟《葬花吟》这日，葬的是凤仙、石榴等初夏的花。芒种在每年公历六月初，与端午节时常交错，有时早几天，有时晚

凤仙花

清　蒋廷锡　凤仙倒挂

几天。书中写第二天贵妃赏下端午的节礼，正是一丝不差。凤仙、石榴等也是旧时端午节常供的花卉。宋苏洞《端午日宫宴二首》诗云“羞涩葵榴无举止，尽倾颜色向南薰”，南薰殿前种的蜀葵、石榴，在端午节时都开了。

书中还有两处写了凤仙花。第三十五回，宝玉挨了打躺在怡红院里，众人去探病，说笑一会儿，贾母回屋吃饭，见湘云、平儿、香菱等在山石边掐凤仙花。这一笔看似闲笔，实则不是。第五十一回，晴雯着了凉，宝玉叫人请了外边的大夫来。晴雯从幔中伸出手去。那大夫见手上有两根指甲足有三寸长，尚有凤仙花染的通红的痕迹，忙回过头去。

正是因为怡红院里就种有凤仙花，晴雯才十分方便地采花染指甲。再到第七十七回“俏丫鬟抱屈夭风流”，晴雯取了剪刀将左手上两根葱管一般的指甲齐根铰下，交给宝玉，凤仙花的故事才彻底交代清楚。

凤仙花又名金凤花，开时翘然如凤状，头翅尾足俱有，因而得名。花色有红、紫、黄、白、碧及杂色等，端的是五色缤纷。凤仙花加明矾捣汁，可染指甲，颜色鲜红，经久不褪，又得名指甲花或指甲草。又因叶细长如桃叶，故名小桃红。成熟的凤仙花果荚，一碰就裂开，果皮反卷如拳，将荚内种子弹出，此花便又有“急性子”的俗名。

凤仙花中有一种白色花瓣有红色斑点的，名洒金凤仙。碧桃、梅花、芍药等都有洒金品种，但凤仙花的洒金品种来历不凡。明吴彦匡《花史》记了一则传说：“谢长裾见凤仙花，命侍儿进叶公金膏，以麈尾稍染膏洒之，折一枝插倒影山侧。明年此花金色不去，至今有斑点，大小不同，若洒金，名倒影花。”（《广群

石榴 清 吴璋 折枝果禽图

芳谱》引）以后见了洒金凤仙花，便可指着它说，这个叫作“倒影花”。

宋叶绍翁《四朝闻见录》中记载，宋光宗的皇后李后闺名凤娘，宫中避讳凤字，把凤仙花改名为“好女儿花”。传说李后悍妒，光宗一次洗手，见端盥盆的宫女双手白腻如玉，不免多看几眼。几天后，李后命人送上一个食盒，光宗打开看时，里面却是一双手。

这个记载看得人不寒而栗。《红楼梦》中，王夫人嫌宝玉身边的丫头晴雯轻狂孟浪，不成体统，寻个理由打发出去了。晴雯那指甲用凤仙花汁染得通红的手，让人联想到端盥盆的宫女之玉手。

再说石榴。

石榴先是出现在元春的判词里："二十年来辨是非，榴花开处照宫闱。"石榴以多子著称，榴花开在深宫，似有暗示贵妃怀孕的意思。

书中第二处写石榴，是第三十一回。端午节第二天，湘云往怡红院找袭人，一路上与丫头翠缕一边走一边闲聊。翠缕问池子里的荷花怎么还不开，湘云说时候没到。翠缕问这里的荷花是不是和她们家的荷花一样，也是楼子花。湘云说这里的荷花还不如她们家的。翠缕道："他们那边有棵石榴，接连四五枝，真是楼子上起楼子，这也难为他长。"

楼子上起楼子，就是花里的重台现象，雌蕊瓣化，子房里又开出花来，就像房上复起一阁，故谓之重台。荷花里有重台莲，即翠缕说的楼子花；梅花里也有重台品种，叫台阁梅；牡丹、芍药里重台现象较多，历史上著名的芍药品种"金带围"便是。

没有了雌蕊，自然不会结实。因此看上去花团锦簇，热闹非凡，如烈火烹油一般，实际上内里是空的，没有果实。元春的判词里有石榴，大观园里的石榴花是重台石榴，虚耗一场，转眼成空，白担了石榴多子的名头。

石榴自汉时传入中国，经过国人两千多年的栽培，早就有无数品种，按功用分为果石榴和观赏石榴两大类。观赏石榴虽然也结果，但味道不佳，只作观赏用。石榴花除了最常见的大红色，还有白色、黄色、玛瑙色等；另有红花白边、白花红边者等变化，名"红千层""白千层"。《红楼梦》中提到的花心里再开花、花瓣重叠如楼台的，名"重台榴"。明代陶宗仪编著的类书《说郛》中，记载了九种石榴，其中就有重台榴，并说开封奉慈观有此品种。

石榴之名第三次在《红楼梦》中出现，是第六十二回"呆香菱情解石榴裙”。宝玉生日在红香圃设宴，宴席散后众人各自游玩。香菱和芳官、蕊官、藕官、荳官几个采了些花草斗草玩。荳官斗输了耍赖，和香菱在地上滚倒。地上有一汪积水，污了香菱半扇裙子。宝玉见了直说可惜，说这石榴红绫最不经染，又问袭人要了石榴裙让她换了。香菱换裙子的时候，宝玉将斗草用的夫妻蕙和并蒂菱挖个坑葬了，撮土掩埋。

若将花儿来比人，黛玉第二次葬花，上葬石榴似元春，下葬凤仙如晴雯。黛玉的香冢是千红一窟，是万艳同悲。宝玉埋并蒂菱、夫妻蕙，却似是断红尘、了情缘。

明王世懋《艺圃撷余》里载，唐寅居桃花庵，轩前庭半亩，多种牡丹花，至花落，遣仆人捡拾花瓣，盛在锦囊里，葬于药栏东畔，并作《落花诗》送之。唐寅《一年歌》云：“一年三百六十日，春夏秋冬各九十。冬寒夏热最难当，寒则如刀热如炙。”黛玉《葬花吟》里说“一年三百六十日，风刀霜剑严相逼”，显然受此启发。

香菱斗草

第六十二回“呆香菱情解石榴裙”，用一个“呆”字形容香菱的天真烂漫、不通人情世故。香菱年龄比大观园众姐妹要稍大一些，看上去却比成熟稳重的宝钗、七窍玲珑的黛玉要小，说话行事自带儿童娇痴。

宝玉生日，设宴红香圃，吃过点心后各人闲话游玩，也有坐的，也有立的，也有在外观花的，也有扶栏观鱼的。此时，小螺和香菱、芳官、蕊官、藕官、荳官等四五个人在园中玩了一会儿，采了些花草来兜着，坐在花草堆中斗草。

和香菱斗草的这些小丫头里，除了小螺，余下几人都是梨香院的女伶。因宫里的老太妃殁了，朝廷下令一年不许唱戏，贾府不能再养家班，这些女伶有不肯出去的，便分派在各屋使唤。正旦芳官给了宝玉，小旦蕊官给了宝钗，小生藕官给了黛玉，小花面荳官给了宝琴。

香菱的身份比较尴尬，她是薛蟠的妾，跟宝钗住在大观园里，既不是宝钗的姐妹，也不是她的丫头；比丫头的地位要高那么一点，却又比不上平儿、鸳鸯、袭人这些管事的大丫头，司棋、翠墨、

斗草

清　金廷标　儿童斗草图

晴雯这些厉害伶俐的丫头也跟她玩不到一块儿。

大观园里的小丫头们归大丫头使唤调教，大丫头打骂起小丫头来，小丫头只能听着，不敢回嘴。也就香菱没脾气，好说话，性子和软，心智稚拙，才能和小丫头们玩在一起，玩的还是斗草这样带点稚气的游戏。

斗草游戏最初是端午节民俗，又名斗百草，《荆楚岁时记》曰："五月五日，四民并蹋百草，又有斗百草之戏。"此风延续到后世，分作文斗和武斗。武斗的玩法很简单：捡有长柄的树叶或草梗，相互勾连，拉扯为戏，叶柄或草梗断则为输家。树叶可用杨树叶，草可用牛筋草、车前草等。我小时候和小伙伴用牛筋草玩，草要先打个结，一方的草梗穿过对方的结套，再用力拉，直至一方拉断。武斗因为太过简单，早已变为纯粹的儿童游戏，白居易《观儿戏》诗："髫龀七八岁，绮纨三四儿。弄尘复斗草，尽日乐嬉嬉。"

文斗便是像《红楼梦》里写的那样，以对对子的方式进行，花草名相对，斗的是聪明和敏捷，在闺中长期流行。唐人吴融诗云"斗草茜裙盛"，香菱等人采了些花草兜着，香菱穿的是红裙，正是茜红裙子盛花草，是诗中情形的写照了。

宋时闺中斗草之风尤盛。范仲淹有诗云："君莫羡花间女郎只斗草，赢得珠玑满斗归。"有竞赛就有赌注，铜钱可为注，珠玑钗环更可。文斗的方式，明人诗中有描述：

分行花队逐，对垒叶旗张。
花花非一色，叶叶两相当。
君有麻与枲，妾有葛与蕌。
君有萧与艾，妾有兰与芷。

君有合欢枝，妾有相思子。

君有拔心生，妾有断肠死。

——明·吴兆《秦淮斗草篇》

诗中的麻、枲都是麻，麻分雌雄株，雌麻叫苴麻，枲即雄麻。葛藟就是葛。麻和葛都可织布，也都见于《诗经》（麻见《王风·丘中有麻》，葛见《王风·葛藟》）。麻枲对葛藟，是《诗经》对《诗经》，纤维植物对纤维植物。萧与艾都是艾，兰是兰草，芷是白芷，“萧艾”“兰芷”都来自《楚辞》。合欢枝对相思子不必细说。拔心生出自《尔雅》：“卷施草，拔心不死。”断肠死出自唐诗：“昔作芙蓉花，今为断肠草。”“拔心”对“断肠”，“生”对“死”。

这种文斗法，在《红楼梦》中，便是一个说有观音柳，一个说有罗汉松；一个说有君子竹，一个说有美人蕉；一个说有星星翠，一个说有月月红；一个说有《牡丹亭》上的牡丹花，一个说有《琵琶记》里的枇杷果。观音柳多指柽柳，清人邹一桂《联芳谱图册》里画的“观音柳”则是红蓼。君子竹是竹的美称。罗汉松、美人蕉、月月红、牡丹花、枇杷果至今名字没变。星星翠不知是什么，星星草倒有不少，除了禾本科的星星草，禾本科的画眉草、大戟科的地锦草、五加科的天胡荽等都有星星草的别名，报春花科的东北点地梅又名星星花。就《红楼梦》而言，小姑娘随手在地上拔根星星草、画眉草都非常应景。

最后，荳官说姐妹花（应是蔷薇中的七姊妹），香菱对夫妻蕙。荳官说从没听见有个夫妻蕙，香菱解释说：“一箭一花为兰，一箭数花为蕙。凡蕙有两枝，上下结花者为兄弟蕙，有并头结花者为夫妻蕙。”

罗汉松（左） 观音柳（右） 清 邹一桂 联芳谱图册

荳官没的说了，伶牙俐齿地胡搅蛮缠了一通，说：“你汉子去了大半年，你想夫妻了？”说得香菱急了，要拧她，反遭荳官压倒在地，被一洼子水污湿了半扇红裙。荳官是小花面，唱念做舞样样俱全，能说会道，口齿清楚。香菱这样老实腼腆的孩子，哪里是小花面荳官的对手？

端午节古名浴兰节，上古时期的兰，是菊科的佩兰、泽兰等。唐朝时，兰科的兰花被发现并移植出山，因香清气雅受到人们的喜爱。开元年间，兰花被长安人珍若拱璧，家家以有兰花为荣。及至南唐，中主李璟更封兰花为馨烈侯。此时，古时菊科的“兰”已湮没无闻。

从《楚辞》开始，兰蕙就并称。屈原《离骚》云：“余既滋兰之九畹兮，又树蕙之百亩。”那时的兰与蕙，可以简单理解为菊科泽兰与佩兰。唐宋时，菊科古“兰”，时人多已不识。兰科的兰花取代泽兰、佩兰，成为大众所熟知的“兰”。关于“兰蕙”，

清 孙温 全本红楼梦图

香菱便说："我有一枝夫妻蕙，他们不知道，反说我诌，因此闹起来，把我的新裙子也脏了。"

当时人又有新的诠释。宋朝黄庭坚认为："一干一花而香有余者，兰；一干数花而香不足者，蕙。"兰科的"兰蕙"就这样和古之"兰蕙"天衣无缝地衔接上了，自此以后，成为定论。香菱说的"一箭一花为兰，一箭数花为蕙"便来自黄庭坚的见解。箭即花茎。

香菱说"凡蕙有两枝，上下结花者为兄弟蕙，有并头结花者为夫妻蕙"，这种说法不见于前人记载，可能是作者从哪里听来的，或者就是他自创的。荳官没听说过很正常，别人也都不知道呢。

兰花，或称兰草，品种极多，常见的有春兰、建兰、蕙兰、墨兰等。一般来说，春兰即黄庭坚所说的"兰"，一茎一花，偶尔一茎生双花，甚为罕见，古人以为祥瑞，称并蒂兰。春兰的花色常为绿色或淡褐黄色，有紫褐色脉纹，香气浓郁。

蕙兰一名九头兰，一名九华，总状花序，一枝花莛之上有花八九朵，有的多至十余朵，从下到上，次第开放。一般是上下结花，像兄弟一般有高有低，但有的花枝顶部两朵呈丫字状伸出，大约可以算作"并头结花"。蕙兰的花颜色为浅黄绿色，唇瓣有紫红色斑，香气清幽。

清人改琦和孙温所绘的红楼斗草图里，香菱手里和身边的兰花，一茎两花，花色为浅黄绿，都是春兰的模样，而非现在所说的蕙兰。

《红楼梦》前八十回中写"兰蕙"的地方很少，且只是一笔带过。八十回后的续书里，倒有兰花现身。第八十六回"寄闲情淑女解琴书"，写秋纹送了一盆兰花来给黛玉，说有人送了四盆给王夫人，那边没人欣赏，叫给宝玉一盆，林姑娘一盆。宝玉正听黛玉说琴，见了兰花，便说妹妹有了兰花，就可以做《猗兰操》了。

《猗兰操》原是孔子所作。孔子周游列国，在返回鲁国的途

一箭一花为兰　明　项圣谟　写生册

中路过隐谷，看见谷中香兰长得茂盛，说："夫兰当为王者香，今乃独茂，与众草为伍，譬犹贤者不逢时，与鄙夫为伦也。"他取出琴来边弹边唱，以香兰为题，自伤生不逢时："世人暗蔽，不知贤者。年纪逝迈，一身将老。"

《猗兰操》流传后世，东汉蔡邕作《琴操》，收录前人琴曲故事，其中就有《猗兰操》。《猗兰操》又名《幽兰操》，后世名家多有仿作。

一箭数花为蕙　明　项圣谟　花卉册

兰之猗猗，扬扬其香。

不采而佩，于兰何伤。

——唐·韩愈《猗兰操》

古琴在弹奏时常伴以吟唱，弹琴之人可随兴填词。宝玉说黛玉可做《猗兰操》，是建议她依曲填词，抒发自己的情怀。

湘云眠芍

第六十二回“憨湘云醉眠芍药裀”，宝玉生日，宴席摆在芍药栏中红香圃三间小敞厅内，筵开玳瑁，褥设芙蓉。湘云席间行令划拳，喝多了酒，卧于山石僻处一个石凳子上，口内犹作睡语说酒令，唧唧嘟嘟说：“泉香而酒冽，玉碗盛来琥珀光，直饮到梅梢月上，醉扶归，却为宜会亲友。”

史湘云是红楼人物中足以与宝、黛、钗三人抗衡的角色。写这个角色的好处是灵活机动，当需要一个人物来增加矛盾、调节气氛、减缓节奏、安放情节时，湘云便上场了。

湘云出场迟至第二十回，贾府的重头戏元妃省亲已写完，雨点般急切的紧锣密鼓敲过，伴着袭人的情话和黛玉的幽香，故事转到脂香粉腻的儿女情长之中，情切切良宵花解语，意绵绵静日玉生香。这时忽有人报史大姑娘来了，宝玉来到贾母这边，只见湘云正大笑大说的，忙问好厮见。接下去插入巧姐出痘，宝、黛、钗、湘四人斗气等情节，把元宵节拉长了半个月，让宝、黛、钗、袭胶着的四角关系冷却一下。

湘云第二次出场是在第三十一回，先一日金钏被撵，宝、黛、

芍药　清　董诰　绮序罗芳图

钗三人各不自在，袭人、晴雯又拌了嘴，王夫人处和怡红院两个地方的气氛都相当尴尬，湘云这时便来救场。她一来，马上笑语喧哗。

湘云第三回出场，是第三十七回“秋爽斋偶结海棠社”，她一人独作两首海棠诗。再到第四十九回“琉璃世界白雪红梅”，史湘云的二叔放了外任，贾母接了湘云来住下，此后便是园中最热闹的一段时光，一直到六十三回“死金丹独艳理亲丧”，宝玉生日第二天贾敬宾天戛然而止。可以说宝玉生日这天是全书最重要的一天，以这一天为界，前面是鲜花着锦、烈火烹油，后面是慢刀子剐肉……

前面说过，湘云眠芍，有杨妃醉酒的影子。如果把《红楼梦》看成一曲《长恨歌》，那么六十三回前半回“寿怡红群芳开夜宴”相当于“骊宫高处入青云，仙乐风飘处处闻”，后半回“死金丹

果见湘云卧于山石僻处一个石凳子上，业经香梦沉酣，
四面芍药花飞了一身，满头脸衣襟上皆是红香散乱。

独艳理亲丧”，则相当于“渔阳鼙鼓动地来，惊破霓裳羽衣曲”。

湘云在红香圃昼卧，四面芍药花飞了一身，满头脸衣襟上皆是红香散乱，手中的扇子在地下，也半被落花埋了。一群蜂蝶闹嚷嚷地围着。她用鲛帕包了一包芍药花瓣枕着，香梦沉酣。

“芍药”之名十分古老，《诗经》中已有，写作“勺药”。

> 溱与洧，方涣涣兮。
>
> 士与女，方秉蕳兮。
>
> 女曰：“观乎？”士曰：“既且。”
>
> “且往观乎！洧之外，洵吁且乐。”
>
> 维士与女，伊其相谑，赠之以勺药。
>
> ——《诗经·郑风·溱洧》

诗中描写的是郑国溱水、洧水河边上巳节时的风貌，青年男女手持兰草（蕳），招魂续魄，除拂不祥。士与女戏谑调笑，将别时，相赠以芍药。因此《韩诗外传》中称之为离草。芍药有了别离之意。

现代人读这首先秦时的古诗，想当然地把诗中的芍药理解为毛茛科芍药花。但上巳节在农历三月，而芍药开花已是春末夏初。北宋蔡襄写芍药，是“密叶阴沉夏景新，朱栏红药自为春”；南宋周必大写芍药，是“占断春光及夏初，琉璃剪叶朵珊瑚”；《红楼梦》中宝玉生日设宴，第一天在红香圃三间敞厅里尚嫌热，第二天摆在了榆荫堂，都说明芍药花期在初夏。芍药因此又叫“婪尾春”，言其开花时春已将尽。清代多隆阿《毛诗多识》里就讲过，今之芍药，非古芍药。他认为古芍药自是茎叶皆香之草，应是川芎一类的伞形科香草。（可参见《香草美人：楚辞芳草图谱》）

至迟在南北朝，“芍药”已指今之芍药。芍药因其花色鲜红，又名红药，南朝齐谢朓《直中书省》诗云：“红药当阶翻，苍苔依砌上。”

中国有野生芍药8种，为芍药、草芍药、美丽芍药、川赤芍、白花芍药、多花芍药、窄叶芍药、新疆芍药。按颜色和分布地域来看，当时移植栽培的，可能是草芍药、美丽芍药或川赤芍。草芍药花瓣6枚，花色有红、白、紫红；美丽芍药与草芍药极为相似，花瓣7—9枚，花红色；川赤芍花瓣6—9枚，紫红色或粉红色。

古人在野生芍药的基础上反复杂交育种，到明清时，芍药品种已百种左右，分为深红、粉红、紫色、黄色、白色五个色系。红色的名品有“冠群芳”“醉娇红”等，粉色的名品有“倚栏娇”“醉西施”等，紫色的名品有“紫云裁”“宝妆成”等，黄色的名品有“御袍黄”“黄金鼎”等，白色的名品有“玉冠子”“莲香白”等……

芍药中最有名的品种是“金带围”，也称“金腰带”，是一种楼子花，雌蕊瓣化，被雄蕊围绕一周，花分上下两层，像是屋上建楼，又像是系了腰带。此种宋朝就有，陈师道《后山谈丛》中说，芍药中有“红叶而黄腰”（叶指花瓣）者，号“金带围”，偶尔出现时，则城中当有宰相。书中还记载了“四相簪花”的故事：韩琦任扬州太守时，同时开了四枝“金带围”芍药。韩琦请了王珪、王安石、陈升之三人一起赏花，四人各簪一枝。后来，四人先后拜相。

四相簪花是盛世雅事，《红楼梦》中既写芍药，怎么能少得了花史上的这段佳话呢？作者写到这里，耍了个花招：宝玉生日那天，平儿来拜寿，袭人让宝玉作揖，说今日也是平儿的生日。湘云拉宝琴、岫烟说：“你们四个人对拜寿，直拜一天才是。”原来宝玉、宝琴、平儿、岫烟四人一天生日，所以后文才有平儿

"金带围"芍药　清　赵慧君　刺绣金带围图

次日还席，折了一枝芍药，击鼓传花为令之事。

平儿还席，是因她身为凤姐的贴身大丫头，相当于贾府的管家助理，有权柄有风光有经济实力，身份地位抵得上一个主子。岫烟家贫，来贾府是投亲靠友，她就不用还席了。

芍药以扬州名最盛，自宋代就与洛阳牡丹俱贵于时。蔡京镇守扬州时，曾作万花会，用花十余万株，传为习俗，后来被苏东坡废止。苏轼说："既残诸园，又吏因缘为奸，民大病之。余始至，问民疾苦，以此为首，遂罢之。"

四相簪花的盛世之后，是金兵入侵，仓皇南渡，扬州繁华不再。

南宋词人姜夔过扬州时，夜雪初霁，荠麦弥望，扬州城内四顾萧条，寒水自碧，暮色渐起，戍角悲吟。他谱一阙《扬州慢》，感叹“自胡马窥江去后，废池乔木，犹厌言兵”，念着二十四桥边的红药何人解赏，又为谁而生。

二十四桥仍在，波心荡、冷月无声。念桥边红药，年年知为谁生。

——宋·姜夔《扬州慢》

《红楼梦》中，昼眠芍药、斗草茜裙、夜宴怡红、传花榆荫之后，红楼女儿一个一个死去：三姐自刎，二姐吞金，司棋被逐，晴雯病故，迎春误嫁，香菱殒命……那芍药花，自姜夔《扬州慢》开始，有了黍离之恨的象征意义；由盛而衰、国破家亡的愁苦，是国人一遍又一遍经历过的。

真正是诌一套《哀江南》，放悲声唱到老。

蔷薇颜色，玫瑰态度，宝相精神

第五十六回，凤姐小产，卧床调养，家务托给李纨、探春和宝钗。探春有意在大观园里小试身手，着力改革，兴利除弊。她年里到贾府大总管赖大家去，才知道原来一个破荷叶、一根枯草根子都是值钱的。她打算让大观园也运转起来。

各房的老妈妈听了都跃跃欲试，有人要包潇湘馆的竹子，有人要包稻香村的稻地。探春说可惜蘅芜苑和怡红院这两处大地方竟没有出利息之物。李纨说蘅芜苑里的香料香草，比别的利息更大，又说：

> 怡红院别说别的，单只说春夏天一季玫瑰花，共下多少花？还有一带篱笆上蔷薇、月季、宝相、金银藤，单这没要紧的草花干了，卖到茶叶铺药铺去，也值几个钱。

玫瑰、蔷薇、月季、宝相，都是蔷薇属著名香花。玫瑰，常见栽培的是以产地命名的苦水玫瑰、平阴玫瑰等重瓣品种。栽培玫瑰在温度适合、养护得当的情况下，可多次采收，五六月里花

如今五月之际，那蔷薇正是花叶茂盛之时。宝玉便悄悄的隔着篱笆洞儿一看，只见一个女孩子蹲在花下，手里拿着根绾头的簪子在地下抠土，一面悄悄的流泪。

清 孙温 全本红楼梦图

开不断。

常见的月季都是园艺栽培种，原种月季大花，单瓣，原产地在四川、湖北、贵州交界的深山里，有红色、粉红色、白色几种。月季的重瓣变种因月月开花受到人们的喜爱，根据花色不同，被命名为“月月红”和“月月粉”。这两种是现代月季的祖先，再加上另一个原种香水月季，共同奠定了现代月季的基础。现在所有的月季品种都有这三种的基因。中国古老月季从宋朝起开始栽培，品种极多，有“银红牡丹”“蓝田碧玉”等。

月季可月月开花，而蔷薇只开一季。植物学意义上，没有哪一种蔷薇属植物叫蔷薇。但在中国传统文化中，可以被叫作蔷薇的有好几种，一种是野蔷薇，花色为浅粉色至白色，古人称“营实墙蘼”，有个雅号叫“野客”；一种是野蔷薇的单瓣粉红变种，叫“粉团”或“粉团蔷薇”；还有一种是野蔷薇的重瓣变种，因一蒂多花被命名为“七姊妹”，一名“十姊妹”，花色深粉红，雌蕊雄蕊全部瓣化，花瓣重叠至没有花心；还有一种花蕊瓣化没有这么彻底、花色为淡桃红的，叫“荷花蔷薇”或“荷花粉团”；野蔷薇还有一个白色重瓣变种，现名“白玉堂”，古名“佛见笑”。“佛见笑”在明清时一度被认作宋朝人说的荼蘼，后来又成了蔷薇科悬钩子属重瓣空心泡的别名，因此重瓣空心泡也常被误认作荼蘼。这是不对的，荼蘼应是大花白木香。

宝相则是月季的一个重瓣园艺种，因浓红深紫、花色鲜艳、花朵硕大、重瓣端丽而受到追捧。别的月季品种可以用“月季”一言以概之，宝相就要单独拎出来，和玫瑰、蔷薇一样，可见其地位非一般月季可比。

“宝相花”也是传统图案名。这个名字来自佛教造像中“宝

野蔷薇 选自《梅园百花画谱》

相庄严”一词，吸收了佛教绘画中左右对称的尖瓣莲花座图案的特征。宝相花图案叶中有花，花中有叶，花和叶没有明显的区别；外层图案既像花瓣又像卷草，既有来自地中海地区的忍冬藤和卷草纹的影子，又有来自中亚的葡萄蔓和石榴果的元素，还有来自印度佛教壁画中的莲花图案和卷云纹，同时结合了中华柿蒂纹的放射对称，又受联珠纹的影响，最终演化出融合了牡丹、芍药、蔷薇等花卉特征的花纹来。

“宝相花”作为植物之名，出现在宋初李昉笔下。他历仕后汉、后周，入宋后参与编写了宋代四大类书中的三部《太平御览》《文苑英华》《太平广记》，可谓见多识广。他在《宝相花送上秘阁侍郎并献恶诗一首》中写道：“宝相为嘉号，移根自蜀都。远来还可重，他处更应无。”

估计当时的文人觉得，这种来自四川的重瓣月季和大量出现在佛教壁画、唐代铜镜、木作家具、各种织物上的宝相花图案很相像，便用“宝相”为之命名。美花还要嘉名衬，宝相花一经定名和题咏，马上被人接受，可见名字取得真好。

当时宝相花初现仙容，很多人都以得一本为荣。宋初，李至得了朋友赠送的一棵，感激非常，写了一首诗，诗名好长，几乎是篇小序了，为《至启：伏蒙宠惠宝相花数朵，烂然可观，发钿合之中，才惊绝艳；睹彩笺之上，又辱佳篇。感叹既盈，咏歌斯作，辄依高韵拜献拙诗一首》：

万里移来种，成都到上都。
贵人犹乍有，贫舍固然无。
掩敛难胜艳，鲜妍欲夺朱。
此花轻折赠，可表受知殊。

司马光家也种有宝相花，他写了一首诗给朋友，夸家里的宝相花好。他当时居洛阳，在办公的廨舍东新开小园。因园中无亭榭，他就构木插竹，种了许多荼蘼、宝相、牵牛、扁豆等藤蔓植物。藤蔓牵引而上，罩于花架上，如栋宇状，名曰“花庵”。他对自家满架的宝相、荼蘼很得意，说“宝相锦铺架，荼蘼雪拥檐”。

北宋初年，宝相花还十分珍贵，宫中才有，后来东赐一本，西赐一本，就不那么稀奇了。到南宋的时候，宝相花已经和寻常花草没有什么两样。南宋吴自牧《梦粱录》中记录杭州的花，说牡丹有数种，芍药有数种，梅花有数品，蜡梅有数品，其他还有碧蝉、棠棣、金林檎、郁李、迎春、长春、桃花、杏花、玉簪、水仙、

清　蒋廷锡、张照 书画合璧册

蔷薇、宝相、月季、粉团、徘徊、佛见笑、木香……从蔷薇到木香，为七种蔷薇类花卉，宝相花就跟桃花、杏花一样常见。当时有人感叹宝相花零落之态，很是惋惜：

春风不到上林花，流落民间日又斜。
曾向玉堂承雨露，可堪金屋委尘沙。

——宋·舒岳祥《宝相花》

宝相花甫出山，就被人当宝贝献给了大宋赵官家，后又被赵官家赏赐给大臣，流入民间，再不是禁中花。宋人很喜欢宝相花，范成大写初夏景色，是“雪白荼蘼红宝相，尚携春色见薰风”；陈藻写春末花事，是“蔷薇及宝相，争斗何绮靡”。宝相花不是和荼蘼同种，就和是蔷薇共生，三者都是攀缘藤本，可以搭架为亭，覆梁为轩。

《红楼梦》第十七回中，贾政一行人进了后来的怡红院，院子里一边种着数本芭蕉，一边是一棵海棠；后院中满架蔷薇、宝相。李纨说的“一带篱笆上蔷薇、月季、宝相、金银藤”，指的便是这里的花架。海棠、蔷薇、宝相均是蔷薇科植物，四月至六月，是怡红院最美的季节，花气袭人，知是昼暖。

蔷薇颜色，玫瑰态度，宝相精神。休数岁时月季，仙家栏槛长春。

——宋·赵师侠《朝中措·月季》

宋人赵师侠这首词里的花，都是蔷薇类植物。月季一名长春花。蔷薇著颜色，玫瑰见态度，宝相有精神，月季四时长春。他用一句话便把蔷薇类植物数了一遍，还加了点评。

清代陈淏《花镜》中提到，宝相花有两种：

> 若宝相亦有大红、粉红二色，其朵甚大，而千瓣塞心，可为佳品。

宝相花在当代是否还有栽培呢？王国良《中国古老月季》一书认为：

> 德国所谓的 Eugene E. Marlitt，百慕大的 Pacific，美国的 Maggie，印度的 Kakinada Red，日本的紫燕飞舞，还有国内不少人称之为“四面镜”的月季，都和中国宋代的月季名种宝相相一致。

“四面镜”为大红色月季，从这个名字就可以看出这花的特点，花瓣皱褶，呈放射状，从中心向四面散开。果然是宝相庄严。

香薷饮和糟茄鲞

“香薷饮”出现在第二十九回。宝玉惦记着黛玉的病，去看她。两人一言一语地争吵起来，黛玉又提什么金玉，气得宝玉摘下玉来，就往地上砸。黛玉又气又哭，心里一烦恼，才吃的“香薷饮解暑汤”便承受不住，都吐了出来。

“香薷饮解暑汤”是个古方，传自宋代皇宫。《南宋馆阁录》中记载，自提举官以下，秘书省、日历所、国史院，皆依例分发“夏腊药”（夏冬两季的药），夏季的药里就有香薷饮；还说香薷养脾理中，消暑最佳。《武林旧事》中记载了宋代的“凉水”，有甘豆汤、椰子酒、豆儿水、鹿梨浆、卤梅水、姜蜜水、木瓜汁、沉香水、荔枝膏水、香薷饮、五苓大顺散、紫苏饮等。药汤子和果汁饮料放在一起卖，琳琅满目，像是进了南粤之地的凉茶铺。

明宫中也有香薷饮分发。《明神宗实录》记载，从入伏之日起，每日于午门前，与百官吃香薷汤。清朝从顺治初年起，便规定每年自小暑日起，至处暑日，“凡应安设香薷汤之处，具奏安设”。《康熙朝实录》中也记载，户部、工部逢天气炎热之日，若有官兵行军调动，沿途备冰水、梅汤、香薷汤，供众人解暑饮用。康熙帝出外打仗，香薷汤是必备的。

香薷饮（香薷汤）是汤剂，军中为了方便，也做成丸剂。《乾隆朝实录》中记载，乾隆因自己住在避暑山庄，尚觉炎热难耐，念及外派的官员督办工程，只怕是暑气相逼、疾病相袭，故特赐香薷丸。

民间也如此，京师人家在七月必煮香薷饮。立秋前一天，要准备冰瓜，蒸茄脯，煎香薷饮，到次日，合家皆饮。他们认为这天喝了香薷饮，秋后便无余暑疟痢之疾。当时京中人家把香薷饮当百合汤、绿豆汤那样的消暑饮品来用，从端午节喝到立秋。

香薷入药很早，南朝梁陶弘景说当时家家有之，到处都种，北方略少点；又说它似白苏而叶更细，十月中采来晾干，可治疗霍乱。

陶弘景说香薷似白苏，现在有些地方还管它叫小叶苏子、山苏子、野紫苏等。香薷作为唇形科植物，是著名香草。唐朝孙思邈的《千金方》中记载了一个治口臭的方子：香薷一把煎汁，含之。这就是一碗漱口水。

香薷也可代替薄荷、紫苏、罗勒等，作为调料用于烹饪。明朝杨慎《升庵集》中说江南人做的鲈鱼鲊、鲼（鲫）子腊，即古人说的“金齑玉脍”，风味甚美。鲈鱼肉甚白，杂以紫绿相间的香薷花叶，撒上回回豆子、一息泥、香杏腻，色香味俱全。回回豆子即鹰嘴豆，一息泥即百里香，香杏腻即巴旦杏仁。明朝江南人的腌鱼方子里用了许多元人的香料，蒙元文化对明人产生了影响，除了服饰，饮食习惯也多有变化。

北魏贾思勰《齐民要术》中的金齑配料是姜、蒜、盐、白梅、橘皮、熟栗子肉和粳米饭。配料里的姜、橘皮、栗子，三者皆为黄色，

香薷

茄子　选自《本草图谱》

因此取个好听的名字叫金齑。齑同齑，本义就是指捣碎的姜、蒜、韭菜等香辛佐料，后引申为粉末。金齑玉脍就是把鲈鱼切成片，配以金黄色的作料。

鲈鱼鲊、鲼子腊都是发酵过的腌鱼。古时腌鱼除了加盐防腐，还要加米饭发酵，以得到更鲜美的风味。《齐民要术》的时代用栗子和米饭，现在西南地区有的少数民族做腌鱼，用炒熟的糯米，或粗磨的干米粉；日本的鲫鱼寿司也保留了加米饭腌渍的传统做法。

新打的鱼一时吃不完，就要想办法保存，可盐腌了晒干，也可加淀粉含量高的粮食长时间发酵，这就是鲊，也写作鲝、鲞。

《红楼梦》里有一道著名的菜叫“茄鲞”，自此书问世，不断有人复制这道菜，却不得要领，放足料给足油，做出来的也不过就是一碗过了油的什锦八宝拌炸茄丁，成品不够香鲜，没有让人惊艳的感觉。据民俗专家邓云乡先生考证，这是一道“路菜”。过去交通不便，出趟远门，路上一走两三个月，遇上前不巴村后不巴店的时候，架起灶，焖一锅热米饭，随身带的几罐子路菜各取一碟子，咸香油润，开胃下饭，就是很好的一餐了。

这个思路是对的，只是茄鲞的鲞，应是鮝。鲞和鮝只差一捺，意思差了很多。鲞是干咸鱼，鱼用盐抹匀后晒干；鮝即鲊，是发酵过的腌鱼。清末刊印出版的《国初钞本原本红楼梦》，里面的茄鲞写作茄胙，可见各抄本都有区别，只是通行本抄作鲞。胙是祭祀用肉，意思和鲊相差很远，但字形很像。

《红楼梦》中的茄鲞制作过程繁复琐碎：新鲜茄子去皮切丁，用油炸过；鸡脯子肉、香菌、新笋、蘑菇、五香腐干、各色干果子都切丁，用鸡汤煨干，将香油一收，最后加糟油拌匀，密封保存，吃的时候再加新炒的鸡瓜拌匀。简单来说，就是茄子炸过后，加鸡肉、菌干等用鸡汤烧入味，收汁后拌入糟油，密藏发酵。除了茄鲞，东府和薛姨妈家都有糟鹅掌鸭信，可见贾薛两家都备有糟油，有用糟入菜的习惯。

现代人复制这道菜，前面步骤都问题不大，到了糟油那里就不知所措，索性跳过。这样做出来的菜，缺失了加糟油发酵的过程，诸味不调和。

糟油其实是加了香料、盐，再次发酵的甜米酒。上海、湖州等地如今市售的瓶装糟卤，便和古时的糟油有些相似。至今江南人仍爱吃各种用糟卤糟的菜，有糟鸡、糟虾蟹、糟猪肚猪舌、糟青鱼、糟毛豆、糟花生、糟芋艿等等，统称糟货。

这种用糟油或米饭发酵藏菜法原是江南地区的做法，洪武十四年 (1381) 随平定云南的南京禁军入滇，便一直保存在了云南。至今云南还有各种鲊：韭菜花鲊、茄子鲊、萝卜丝鲊、藕鲊、茭鲊、鱼鲊、虾鲊、酸肉鲊、排骨鲊等等。这些都可视为路菜，想当年大明官兵从南京到云南，迢迢几千里，身边带上几罐鲊，吃饭时间一到，随地埋锅造饭，饭熟后打开罐子，就可以吃得很舒服了。

香薷饮早期是中暑之后才服的汤药，到了后来以预防为主，有事没事都去喝一碗。明人王九思有散曲一组咏夏景，可见当时以香薷为茶：“觅得香薷为散，消受清凉半盏。”

香薷是唇形科香草，和薄荷一样，泡水喝，有清凉口感；拌鱼片，可去腥增香。两种用法，一直延续至今。

茉莉粉

第四十四回，凤姐过生日，席间被灌多了酒，回房休息时撞见贾琏和鲍二的老婆鬼混。凤姐虽是气极，却不敢打贾琏，反把平儿打了两下。贾琏被捉奸在床，恼羞成怒，挨了凤姐的骂，不敢打凤姐，也去踢骂平儿。平儿无端受了冤枉气，无处可诉，一通乱哭。宝玉把平儿让到怡红院里，让她洗脸换衣，又提醒她擦些脂粉。

> 宝玉忙走至妆台前，将一个宣窑瓷盒揭开，里面盛着一排十根玉簪花棒，拈了一根递与平儿。又笑向他道："这不是铅粉，这是紫茉莉花种，研碎了兑上香料制的。"平儿倒在掌上看时，果见轻白红香，四样俱美，摊在面上也容易匀净，且能润泽肌肤，不似别的粉青重涩滞。

宝玉惯会调脂弄粉，常替丫头们捣胭脂磨香粉，真没一点主子的架子。丫头们也沾光，用的脂粉竟比正经主子的还考究。

这里说的紫茉莉花种，便是小时候玩的地雷花的种子，黑黑的圆圆的，一粒黄豆大小，表面带沟带槽，像一个具体而微的地

紫茉莉 选自《梅园百花画谱》

雷。剥开来，里头是极细的粉末，因此紫茉莉又叫粉籽花、粉团花、粉豆花。紫茉莉的花，最常见的是极艳的紫红色，迎着光看过去，还带点荧光。因红得发紫，古人还给它另取有一个名字，叫“状元红”。

紫茉莉花种做的粉不光出现在平儿理妆这一回，《红楼梦》第六十回“茉莉粉替去蔷薇硝”中，贾环问芳官要了一包蔷薇硝送给彩云，彩云说这是平时用的茉莉粉。贾环看了一看，果然比先前的带些红色，闻闻喷香。这个茉莉粉，也应该是紫茉莉花种做的香粉，与茉莉花不会有啥关系，要么是借用了一点茉莉花的香味，像是用茉莉花窨茶那样。

用紫茉莉花种里的粉来做香粉，其法明宫就有。《崇祯宫词注》载，崇祯帝的周皇后和田贵妃容颜如玉，不事涂泽，其余嫔妃皆不及这两人。崇祯帝不喜女子涂粉，见宫嫔中有施粉稍重的，便取笑说“浑似庙中鬼脸”。《崇祯宫词》中有一首诗，便用了崇祯帝的话：

滴粉搓酥尽月娥，花球斜插鬓边螺。

天颜最喜颜如玉，笑煞人间鬼脸多。

当时，宫中收紫茉莉花种，去壳，研成极细的粉，蒸熟，晒干，兑上香料，名“珍珠粉”；取玉簪花，剪去其蒂，把粉装进去，用线扎口，名“玉簪粉”。这个方法是明熹宗朱由校的张皇后带来的，宫眷皆用之。宝玉制“玉簪粉”的方法，和张皇后传下的基本一致。盛放玉簪花棒，用的是“宣窑瓷盒”，宣窑即明宣德官窑。这一整套化妆品的制作方法，加上存放的容器，都是明宫所传。

紫茉莉原产美洲，传入中国的时间应在明中后期，这个时期地方志中有紫茉莉的记载。明末广东人屈大均著有《广东新语》，书中说紫茉莉又名胭脂花，花可以点唇，子有白粉可傅面。

紫茉莉为紫茉莉科，茉莉是木樨科。紫茉莉取“茉莉”为名，是形容其花甚香，有点像茉莉花。紫茉莉也被叫作野茉莉。清道光年间的吴其濬在《植物名实图考》中提到了野茉莉，说它极易繁衍，到处皆有；种子如豆，中有白瓤，可以做粉，故又名粉豆花；曝干作蔬，与马兰头相似；根可治吐血。

一种植物在传进来后，当时的人除了栽培以供观赏，还看重它的功用和价值：是不是能吃？有没有药效？如果不是吴其濬有记录，我们哪里会知道当时的人把紫茉莉的叶子晒干了当菜吃，味道居然和马兰头差不多。

紫茉莉最为人熟知的功用还是取种子里的细粉做化妆品。最

紫茉莉 明 汪中 得趣在人图册

早用来敷面的粉是米粉，又是磨细，又是发酵，又是澄清，又是利用离心力的原理，才能得到极细的粉，晒干的过程中还要注意防尘，工序繁复，时间又长，事倍功半，极是耗费人力物力财力；所得的粉附着力延展性还不强，无法达到让人满意的效果。后来，为了延长固粉时间，又加入了铅粉，而长期使用铅粉又会导致皮肤发黑。古代人和现代人一样，在美白的道路上孜孜以求、乐此不疲，终于在明末找到了紫茉莉。这种植物好像就是为了敷面美白而生的，平儿用后觉得轻白红香，匀净润泽，不像别的粉青重涩滞，可见效果十分令人满意。

据说，紫茉莉花种里的细粉擦面，除了美白，还有特殊功效。有的书上说：“女人取花汁匀面，子肉雪白作粉，冬擦面不皱，人呼胭粉花。”擦面不皱，那就是可以防皱。《本草纲目拾遗》中说：“取其粉，可去面上瘢痣粉刺。”去痣和去粉刺是两回事，去痣是利用粉剂的腐蚀性，传统是用鸟粪，如鹰条白（鹰粪）、鸽条白（鸽粪）、白丁香（雄雀粪）等；去粉刺则是杀菌消炎。我不大相信紫茉莉粉有这么多奇效，又去粉刺又去瘢痣又能防皱，简直完美。

紫茉莉开花在下午四点以后，已近傍晚时分，所以有个名字叫晚饭花，有的地方叫烧饭花、烧汤花、夜娇娇、洗澡花，都是说它开花时正是人们烧晚饭、洗澡、乘凉的时候。

紫茉莉有自播能力，不用撒种，年年生年年长，不加管理的话，会变成一大片。也因此，这花极不值钱，没人会拿它当个东西，小孩子随便采了玩也没人管。

我小时候的玩伴都会一种玩法：采下一朵紫茉莉来，轻轻扭断花托，从后端拉出雄蕊，再把球状花托塞进耳朵眼里，便是一个有垂丝的花朵耳环；另外一只耳朵也如法炮制，两朵小花就可变为一对耳环。轻轻摆一下头，长长的花丝随着摇晃，自觉很有些仕女画的韵味。小时候不知掐过多少紫茉莉花做这样的耳坠。

紫茉莉花除了常见的紫色，还有黄、白、洒金等。黄昏来临，暑热退去，吃完晚饭出门纳凉散步，如果路边正好有一丛紫茉莉花，便会闻到浓郁的香味，很好闻。夏日的夜晚，随着清风，香气散开，带来几许凉意。

胭脂膏

平儿用紫茉莉粉涂了面，接着用胭脂点唇兼抹腮红：

> 然后看见胭脂也不是成张的，却是一个小小的白玉盒子，里面盛着一盒，如玫瑰膏子一样。宝玉笑道："那市卖的胭脂都不干净，颜色也薄。这是上好的胭脂拧出汁子来，淘澄净了渣滓，配了花露蒸叠成的。只用细簪子挑一点儿抹在手心里，用一点水化开抹在唇上；手心里就够打颊腮了。"平儿依言妆饰，果见鲜艳异常，且又甜香满颊。

宝玉研究胭脂有好几年了，早在第九回就捣鼓上了。那时他还住在贾母屋里，结识了秦钟后，商量要一起去贾府的家塾上学。第一天去学堂，临走还不忘对黛玉说，等他下学再吃晚饭，那胭脂膏子也等他回来再制。第十九回，元宵节午后，他陪黛玉聊天，编故事说耗子精。黛玉见宝玉左边腮上有纽扣大小的一块血渍，问是谁的指甲刮破了。宝玉笑说不是刮的，是刚才替丫头们淘漉胭脂膏子，蹭上了一点儿。

宝玉制胭脂膏子，极有心得。先用上好的胭脂拧出汁来，再配了花露蒸。胭脂的原料是红花。红花一名红蓝花，是菊科植物，取蓝为名，是指它的叶子长得像蓼蓝、马蓝、菘蓝这些可以萃取蓝色的植物。红蓝花的花除了有红色的，还有橙色、橙红色，甚至纯黄色的，因此又有黄蓝之名。

白居易有《红线毯》诗，讲到用红蓝花染丝织成红色的地毯："红线毯，择茧缲丝清水煮，拣丝练线红蓝染。染为红线红于蓝，织作披香殿上毯。"

红花原产中亚，汉时传入。《博物志》中说，张骞得种于西域。据西晋崔豹《古今注》，红花原本叫燕支，"出西方"，当地人用作染料。也就是说，"燕支"原为植物名，后来慢慢变成"胭脂"，成为化妆品的名称。胭脂也写作燕支、焉支，或燕脂。

失我焉支山，使我妇女无颜色。

——汉·佚名《匈奴歌》

焉支山，在今甘肃西部。汉武帝时，霍去病大败匈奴，匈奴不得不退到焉支山北。此山多红花，匈奴妇女采来花朵做成胭脂涂抹脸颊。东晋习凿齿《与谢侍中书》中说，匈奴人将妻子称作阏氏，是"言可爱如胭脂也"。

燕支在传入中原后改叫红蓝，用来染粉化妆，为妇女所爱。自从匈奴人唱出"失我焉支山，使我妇女无颜色"的悲凉之歌后，"胭脂"在后世宫词中表达的往往是哀怨的主题。由于胭脂是用红蓝制成，"红蓝"遂和"胭脂"一道，象征了因战争而"失色"甚至失去生命的妇女，都令人想起君王掩面弃国时教坊奏响的离歌。明人叶子奇感叹南唐风流雨打风吹，一代词帝李煜遭际堪悲，作《南唐故址》诗，叹道：

唐主宫垣集暝鸦，垣边几座野人家。
尚余一片繁华地，宜种红蓝内苑花。

崔豹《古今注》中还说，当时人以重绛为胭脂，而非燕支花(红蓝花)。重绛来自茜草。用茜草染红，第一遍染为浅红，第二、三遍染才是大红，谓之重绛。比起用红蓝花染的红色，颜色暗沉不鲜亮。

古时妇女化妆，欲红则涂朱，欲白则傅粉，所以战国宋玉形容女子美得恰到好处，说："著粉则太白，施朱则太赤。"当时还没有胭脂。朱是朱砂，又称辰砂、丹砂、赤丹、汞沙，即硫化汞，久用对人体有害。好在后世有了用红花做的胭脂。

红花含红色素和黄色素，黄色素溶于水，红色素溶于碱水。据明人方以智《物理小识》，先用水浸泡红花，去掉黄色素；再用豆萁烧成灰，得到含碱的水泡花，最终提取出红花里的红色素，就可以用来染布了。染制时，光是红花还不行，得用乌梅做媒染剂，再加黄檗固色，就可以染出红色来；或用炒制过的槐米作媒染剂，再加苏木固色。这种红色叫乔红，乔红就是大红。

用红花染出的丝帛深受欢迎，价格也不菲，红花价格因此水涨船高。书上记载，贩卖红花的商人从产地收购来再贩于吴越，岁获数十万缗，利润可与棉花相等；遇上收成不好的年景，价格还要翻倍。

胭脂除了染丝染布，另一个重要用途是做面脂口脂。当时的做法是把丝绵片或绵纸浸在胭脂水里浸透蒸过，晒干保存或运输。多浸多蒸一两次的叫重受胭脂，又叫双料胭脂，最受欢迎。

红花

种植红花利润高，以此为业的人就多，自然就会开发它的新用途。中国人遇上任何植物都是“能好怎”：能吃吗？好吃吗？怎么吃？红花也不能逃脱被吃掉的命运。“能好怎”之后就尝味辨味，好吃的是菜，余者归为药。中医觉得红花汁液既然是红色的，当然补血，于是红花跟茜草根一样，成为治吐血的药材。明初由于才经历过战争，食物短缺，于是有人尝了下红花的叶子，觉得不难吃，嫩叶就成为救荒之物，水焯之后油盐调食。细思也对，红花是菊科植物，同科的苦荬菜、菊花脑、莴笋、蓬蒿菜等都是常吃的蔬菜，那么来一盘凉拌红花叶，想来也不坏。

自从化学印染成为主流之后，用红花染色之法随之式微，现在红花最大的价值在榨油。葵花籽的含油量可达45%—60%，成熟红花籽的含油量与它基本持平，可达55%。而且，红花籽也可以像葵花籽一样，当零食嗑着吃。

自汉时有了红花，中国化妆品的研发生产达到了一个新的高度。据北宋陶谷《清异录》记载，唐朝点唇的“胭脂晕品”，有石榴娇、大红春、小红春、嫩吴香、半边娇、万金红、圣檀心、露珠儿、淡红心、猩猩晕等，色号不下几十种，不比现在的彩妆少。这些点唇胭脂可能都是用红花做的。

宝玉的胭脂膏是将上好的双料胭脂片用热水泡发再拧出汁来，淘净渣滓，配上花露，蒸叠而成。花露里含芳香物质和少量精油，融进胭脂里，能起到保湿的作用，令胭脂不干不坼，这才称得上膏。膏者，油也。胭脂膏盛在白玉琢成的盒子里，用的时候用簪子挑一点点唇，剩下的拍匀在手心里，就够涂脸颊了。

这胭脂膏确实是又香又润，颜色又好，怪不得平儿没有见过——贾琏哪里是会在这些玩意儿上花心思的人？

通草花

第十八回，元春省亲，观赏大观园。当时正是元宵节，天寒无花，贾府便以通草、丝帛等为花，粘在树枝上。树上悬灯数盏，照得一片通明，上下争辉。

> 上面柳杏诸树虽无花叶，然皆用通草绸绫纸绢依势作成，粘于枝上的，每一株悬灯数盏。

隋炀帝兴建的洛阳西苑中，树木秋冬凋落时，宫中剪彩色丝帛为花叶，缀于枝条，色败则更换新的；又用丝绸剪制荷花、菱、芡等水生植物，待炀帝游赏之时，除掉池沼中的冰，布置于水面。这和《红楼梦》中贾府的做法几乎一模一样。

名为通草的植物有两种，一种是木通科的木通，藤本，结实如瓜，一名野木瓜，一名通草、通草藤；一种是五加科的通脱木，灌木或小乔木。做通草花用的原料，就是通脱木的茎髓。通脱木树高丈许，叶如蓖麻，茎粗壮，茎中有瓤，质地轻软，颜色洁白，细腻可爱。将多年的通脱木茎齐根砍下，去皮，趁湿时取出茎髓，截成段，理直晒干，削切成纸片状，称通草纸。通草纸细软洁白，剪裁粘贴制成花，再染色，可与真花媲美。

通脱木古名寇脱，《山海经》中就有："又东北二十里，曰升山……多寇脱。"郭璞注："寇脱草生南方，高丈许，似荷叶而茎中有瓤，正白。"古人发现这种植物的茎髓能通窍利水，故名通草；又因茎中有白瓤，脱木便得，遂名通脱木。

通脱木高及屋檐，一茎直上，没有旁枝，于顶部生叶多枚，叶大如荷，整个植株像个独脚亭子。园林里常丛植几株，以供观赏。通脱木的茎髓，古人除了用来做花，也试过做果脯甜食，味道和口感大概有点像蜜渍香橼，十分甘美。

用通草做花由来已久，据说秦始皇时就有。《中华古今注》载，始皇令三妃九嫔在盛暑天戴用碧罗制成的芙蓉冠，插五色通草苏朵子；妃子们披浅黄丛罗衫，拿云母小扇子，穿凤头履，远望如神仙中人。

通草做花费时费工，在早些时候是妃嫔才能用的。传说陈后主为贵妃张丽华在光昭殿造桂宫，模仿月宫环境：做圆门如月，障以水晶，设素粉屏风；庭中空无他物，只种了一棵桂树，树下置药杵臼。张丽华驯一白兔，穿素白衣，梳凌云髻，插白通草苏朵子，着玉华飞头履，独步于庭中。后主常呼丽华为张嫦娥。

到了宋朝，更多的闲散农民进入城市成为手工业者，手工成本下降，通草花饰物成为廉价的消费品。宋真宗咸平、景德以后，盛世繁华，从上到下衣服器用都好奢侈靡费，市井闾里也好用美器。御史上书要求禁止这股奢靡之风。于是皇帝下令，诸般花用通草，不得用缣帛。

但是人工也是钱哪，把通脱木的茎髓变成通草纸已经很费功

通脱木

通脱木茎髓 选自《本草图谱》

夫了，何况还要剪裁、染色再粘成花？但工艺一事，只要掌握了做法，分解工序变成流水线作业，操作自然化繁为简。北宋时，通草花是极普通的玩意，到街上随时可以买到，已经成了民俗的一部分。

据《梦粱录》记载，南宋时五月五日端午节又叫“浴兰令节”，内司意思局以通草雕刻天师驭虎像于红纱彩金盝子中，以五色染菖蒲悬围于左右；又雕刻生百虫铺于上，以蜀葵、石榴、艾叶、花朵簇拥。

当时，杭州城里的通草花工匠是极有才气的创作型工匠，不但做一般的花儿朵儿，还用通草和丝绸搭出楼台来讲述整本的故事，出场的人物头上身上饰以珠翠，极其精致，一台人物故事价值数万。这样奢靡，不过是为了玩。在这样的风气下，就算不许用金银珠宝，只用通草，人们也会想尽办法使其豪华。想象力和工艺水平的提升在太平盛世是阻拦不住的，世人皆好美物。

卖通草花 清代外销画

用通草呈现人物故事之风到清朝还有。《燕京岁时记》中记载，京师除夕那天，家家列长案于中庭，供诸天神圣图。图前陈列供品，供品上插有通草八仙及石榴、元宝等，称供佛花。

李渔曾说，插在头发上的饰品，除簪珥之外，最妙莫过于花，较之珠翠宝玉，不只是雅俗之分，还有死活之别；珠翠宝玉是死的，鲜花是活的。他说，富贵之家如得丽人，就该遍访名花，种在花园里，晨起簪花，任其自择，随心插戴，自然合宜，所谓名花倾国两相欢；寒素之家也不该亏欠美妇，女人的青春没有几年，屋旁空地种树栽花，又不是什么麻烦事；即便是无立锥之地的赤贫之家，没地方种花，也可以买一枝通草花给她插在头上。李渔认为，吴门所制通草花穷极精巧，与树头摘下的鲜花无异，每朵不过数文，可以戴上一个多月；而绒绢花价格高昂，反不如通草花精雅。他感叹道，可惜世人不懂，物不论美恶，只论贵贱。

康熙六十年（1721）的进士黄之隽《竹枝词》写道：“通草头花柳叶裙，空教绿绮伴文君。”通草花行业在有清一朝一直很兴盛，乾隆帝第五子永琪之孙奕绘有《五彩结同心》词道：“南来通草成山积，某家染、某色新鲜。某家有、聪明小女，裁须叠瓣如仙。”可见从业者众多，购买者也不少。清末，方濬师《蕉轩随录》中记载了当时的年俗：相传除夕为老鼠嫁女之期，小儿女在馒头上插上通草花，散置僻静处，为老鼠送嫁。老鼠嫁女象征的是子孙繁衍、五谷丰登，用通草花馒头送嫁，也是可爱得很了。

通草花现在少有人会做，扬州城里有几个老师傅还擅此术，带了几个年轻的徒弟，勉强维持。这个行业的消亡恐怕已成定局。

端正楼和相思树

第七十七回，抄检大观园后，怡红院逐出了晴雯、芳官和四儿，宝玉愀然不快，哭哭啼啼说此事春天就有了兆头，阶下好好的一株海棠花竟无故死了半边，原来就应在了晴雯身上。袭人讪笑他一个读书人也信这些，宝玉说，万物皆有情，得了知己，便有灵验。

> 若用大题目比，就是孔子庙前之桧、坟前之蓍，诸葛祠前之柏，岳武穆坟前之松。这都是堂堂正大随人之正气，千古不磨之物。世乱则萎，世治则荣，几千百年了，枯而复生者几次。这岂不是兆应？小题目比，就有杨太真沉香亭之木芍药，端正楼之相思树，王昭君冢上之草，岂不也有灵验。

如今且不说孔子庙前之桧、坟前之蓍，丞相之柏，武穆之松，就讲杨太真。杨太真就是唐玄宗的贵妃杨玉环，“沉香亭之木芍药”是牡丹花，早就入了李白之诗：“名花倾国两相欢，沉香亭北倚阑干。”这“端正楼之相思树”，就不如牡丹花在后世有名了，但它能与沉香亭牡丹并提，也是有一段故事的。

宋人写的《杨太真外传》里说，骊山华清宫里有座端正楼，是杨妃的日常梳洗之处；有莲花汤，是杨妃的专用温泉池。

后来杨妃被赐死在马嵬驿，玄宗抹着眼泪，草草掩埋了杨妃，往蜀中而去，行至扶风道，在一座寺庙里暂歇。寺畔有一棵石楠树，开满了雪白的花，小花一朵一朵攒成一束，一束一束又聚成一簇，一簇一簇再合成一团，圆圆地开成球形。玄宗看着这棵树，想起杨妃来，便呼为“端正树”。他用华清宫里那座杨妃梳洗楼给这孤清寺庙里的一棵树命名，“盖有所思也”。

此后石楠树便和李杨爱情纠缠在一起，一提石楠，必说马嵬驿；一说端正树，必是相思。温庭筠有《题端正树》诗：“路傍佳树碧云愁，曾侍金舆幸驿楼。草木荣枯似人事，绿阴寂寞汉陵秋。”

不过贾宝玉记忆有误，相思树不在端正楼前，而是在马嵬驿旁。或者是他看了别的记载——这些故事年代久远，流传过程中本就有不同的版本。如《太平广记》里引唐人著作说，长安西边有端正树，离马嵬驿不远，说是唐德宗幸奉天时，看到此树繁茂美丽，赐以美名。

石楠为常绿树木，清明前后新叶萌发，老叶坠下，颜色鲜红，有如落花。唐人鲍容有诗云“石楠红叶不堪书”，用的是红叶传书的典故。这个故事出自唐人范摅的《云溪友议》，唐宣宗时，书生卢渥在皇宫外的御沟里捡到一枚红叶，上面有一首诗：“流水何太急，深宫尽日闲。殷勤谢红叶，好去到人间。”卢渥后中进士，迎娶宣宗放出的宫女为妻，妻子见到那枚红叶，说叶上之诗正是她昔年所作。

后人在讲这个故事时，多把题诗的红叶想象成枫或槭。因鲍容之诗，我想这片红叶有没有可能是石楠叶？当年那位闭锁深宫

石楠

的宫女，也许是在仲春之时，思春怀春，顺手拾起身边石楠树下的红叶，题咏心事，顺水流出。

《本草纲目》中，石楠写作石南。李时珍一本正经地解释说：“生于石间向阳之处，故名石南。”我觉得这个结论不太可靠。单说“楠”字，楠木是我国特有的珍贵木材，包括樟科润楠属和楠属植物及一些近缘种。石楠叶子和各种楠树有点像，且树干紧实，木材坚硬，可为器具。举凡伞柄、秤杆、车轴、滑轮、算盘珠子等等，常用石楠木来做，精致细巧，不开裂。这大概才是当初取名“石楠”的原因吧。

石楠即使不为爱情代言也很趣，春开小白花成球，秋结细红果满树，冬不落叶，四季常青。清明时节坠地的红叶，古时小孩常拾来为冠带嬉戏。明代田汝成《西湖游览志余》记载，明代杭州立秋这天，男女头上都插戴楸叶，以应秋天的时序；或者用石楠的红叶剪刻花瓣，插在鬓边。

石楠叶密多荫，植于庭院，端正净洁。石楠在古代风评很好，从未见有人厌恶它的记载。宋时蜀人称其为“让木”，言其枝叶互不相妨，似有谦让之意。

近年来每到春天，便有新闻报道，某地石楠开花，异味熏人，附近居民无不抱怨。石楠树开花最盛的四五天里，如遇天气晴好，阳光和煦，花气被热气蒸发，会散发出一种不甚雅洁的气息。古人却仿佛不曾发觉，明朝王恭写到了石楠花的气息，说“望海亭中载酒来，石楠花气拂金杯”，好像并不讨厌这种花香。

芭蕉树和蝴蝶梦

大观园起诗社，探春为自己取的别号是“秋爽居士”，因她的住处名叫“秋爽斋”，匾额“桐剪秋风”，是一处秋景庭院。宝玉说“居士”“主人”到底不雅，院里梧桐芭蕉尽有，何不指着梧桐芭蕉取个名号。探春说她喜爱芭蕉，就称“蕉下客”吧。黛玉打趣说，快牵了去炖了脯子吃酒，古人有“蕉叶覆鹿”之语，她自称蕉下客，可不就是一头鹿吗？

“蕉叶覆鹿”的故事出自《列子》：

> 郑人有薪于野者，偶骇鹿，御而击之，毙之。恐人见之也，遽而藏诸隍中，覆之以蕉。不胜其喜。俄而遗其所藏之处，遂以为梦焉。
>
> ——先秦·列御寇《列子》

郑人击毙一只鹿，怕被别人看见，匆匆忙忙藏了起来，覆之以蕉叶。不久他就忘记了藏鹿之处，疑惑之中，还以为自己刚才只是做了一场梦呢。

蕉叶覆鹿，以为一梦。

清 孙温 全本红楼梦图

东汉，佛教传入中原，佛经中常以芭蕉譬喻空虚无实之物。芭蕉树有皮叶却无实心，所以《维摩诘经》有“身如芭蕉，中无有坚”之说；芭蕉树身层层可剥，说明阴蕴俱空，肉身可弃。《佛说如幻三昧经》中云：

设一切法虚无不实，所受诸法亦复虚妄，幻譬如空，亦如芭蕉、梦、影、野马，离欲虚妄而无坚固。

梦、影和野马都是来无影去无踪的，象征思想如脱缰野马，难以控制，肉身则如芭蕉，毫无坚固相。佛教对坚固二字很看重，娑罗树即有坚固之意。“想如夏野马，行如芭蕉树”，思想转瞬即空，身体障碍重重，怎样才能解脱？

唐宋时期，更多的文人接触到佛教思想，又把本土的老庄哲学融合进去，从空门入玄学，又融入中国从魏晋以来士族文人一直心存的隐士思想。宋朝洪适“蝴蝶梦魂，芭蕉身世”一句，便是最好的说明。“蝴蝶梦魂”指的是庄子梦蝶一事，庄子梦见自己化为蝴蝶，醒来后不知是自己梦为蝴蝶，还是蝴蝶梦为自己。宋以后，芭蕉成了隐逸的象征。即使是在苏州这样的商业城市里，筑一座园林，植两株芭蕉，也有隐士之风度。

《红楼梦》中的甄士隐就是这样一个“中隐隐于市”的隐士。他禀性恬淡，不以功名为念，每日只以观花修竹、酌酒吟诗为乐，是神仙一流人品。整部书便是从他的梦境开始的：

一日，炎夏永昼。士隐于书房闲坐，至手倦抛书，伏几少憩，不觉朦胧睡去。梦至一处，不辨是何地方。忽见那厢来了一僧一道，且行且

芭蕉　清　金农　花卉册

> 谈……士隐意欲也跟了过去，方举步时，忽听一声霹雳，有若山崩地陷。士隐大叫一声，定睛一看，只见烈日炎炎，芭蕉冉冉，所梦之事便忘了大半。

芭蕉便是这样羚羊挂角般地出现在书中。蕉叶下的梦，便如那只被覆盖的鹿，不知是真是幻。

除了秋爽斋，大观园中还有两处种有芭蕉。一处是潇湘馆：“忽抬头看见前面一带粉垣，里面数楹修舍，有千百竿翠竹遮映……出去则是后院，有大株梨花兼着芭蕉。”另一处是怡红院，山石旁种着数本芭蕉。巧合的是，宝玉为这两处写诗，都写到梦境。潇湘馆诗是“莫摇清碎影，好梦昼初长”，怡红院诗是“绿蜡春犹卷，红妆夜未眠”，首首皆有梦，他本就是一个梦中人。

蘅芜苑没有芭蕉，但宝玉为蘅芜苑题写的对联“吟成豆蔻才犹艳，睡足荼蘼梦亦香”却是从芭蕉诗句中化出。贾政一眼看出，说这是套的“书成蕉叶文犹绿”一句。而宝玉为蘅芜苑所作诗道“谁谓池塘曲，谢家幽梦长”，仍然写到梦境。

贾政说的“书成蕉叶”一句是指芭蕉叶大，可以写字。在蕉叶上写字，唐朝就有了，方干有诗云“曾书蕉叶寄新题”。

然而，蘅芜苑的芭蕉只在诗底；潇湘馆的芭蕉又被竹子抢去了风头，没人在意；秋爽斋的芭蕉，书中并没有详细描述。最引人注目的是怡红院的芭蕉。

书中写道，怡红院“院中点衬几块山石，一边种着数本芭蕉，那一边乃是一棵西府海棠”。贾政问：“想几个什么新鲜字来题此？”清客中马上有人指着芭蕉说叫“蕉鹤”，另有人指着西府海棠说叫“崇光泛彩”。宝玉说妙是妙，只是这里种了芭蕉和海棠，暗蓄红绿二字。若只说蕉，则棠无着落；若只说棠，蕉亦无着落。必须有蕉有棠才好。他题为“红香绿玉”，后被元妃改成了“怡红快绿”。“红香绿玉”确实不如“怡红快绿”，前者只是点明有蕉有棠，后者代入主人心情，海棠花红怡春心，芭蕉叶绿快人意。

因蕉棠并植，才有宝玉为怡红院所题诗句“绿蜡春犹卷，红妆夜未眠”。蕉叶未展时卷为一束，像一支绿色的蜡烛，绿蜡是芭蕉，蕉叶覆鹿是梦；红妆是海棠，海棠春睡也是梦。

因芭蕉象征隐逸，中国文人又一向有隐逸思想，便对芭蕉有了感情投射，精神上与它互通，给它取了雅号，名“绿天”。芭蕉叶长而阔，只一片叶，便长过丈余，宽有两尺。窗前丛植几株，叶伸叶展，重重叠叠，不见天日，只见绿叶，暑月炎阳尽遮。树

题蕉　清　张宏　杂画册

下生荫，叶底生风，双目清凉。

窗前种蕉，几成书房标配，唐朝已然如此。唐人在窗前种蕉，是为了听雨，夜雨关情，窗下蕉声，滴下的是思乡泪，伤感的是游子心。“隔窗知夜雨，芭蕉先有声”，这是白居易的蕉窗夜雨；“芭蕉为雨移，故向窗前种。怜渠点滴声，留得归乡梦”，这是杜枚的蕉窗夜雨；“风淅淅，夜雨连云黑。滴滴，窗外芭蕉灯下客”，这是冯延巳的蕉窗夜雨。

有这样的感情投射，寸寸关情，才会把那芭蕉树的叶心比喻成看客的心，芭蕉心将展未展，似窗内之人欲诉还休的闲愁。“冷烛无烟绿蜡干，芳心犹卷怯春寒”，这是唐人钱珝的诗句，宝玉经宝钗点拨，用了此典，化在他的诗里。“绿蜡春犹卷”是芭蕉之形，“倚石护青烟”是芭蕉之神，怡红院里的芭蕉经他诗笔点化，有了形与神。

以芭蕉之心拟我之心，我即芭蕉，芭蕉即我。宋人王铚《芭蕉》诗末联写道：“可怜今古无穷恨，卷在凋零如寸心。”今古是无穷无尽的时间维度，芭蕉是此时此刻的空间视界，宇的广博与宙的无垠，一瞬间在脑中交汇，千头万绪奔来，唯有我心自知。这种亘古的孤寂，身处其间的无力感，最摧人心。

可以说，宋以后的文人，把夜雨芭蕉的思客之情，升华到了又一个高度。陆游说“幽人听尽芭蕉雨，独与青灯话此心”，芭蕉是文人审视内心的一个参照。

芸香草

贾芸出场在《红楼梦》第二十四回。宝玉同鸳鸯去见贾母，出至外面，见到贾芸。只见他容长脸，长挑身材，年纪只有十八九岁，生得着实斯文清秀。宝玉便说："你倒比先越发出挑了，倒像我的儿子。"

宝玉从来不和小他几岁的兄弟贾环一起玩，和侄子贾兰也很少见面，这里忽然写他认一个十八九岁的青年作干儿子，实在是奇突得很。但就是这样一句戏言，干儿子算认下了。紧接着，第二十五回魇魔法逢五鬼，宝玉病得人事不知，门内是王夫人亲自守着，室外是贾芸带了小厮轮班看守。

这么重要的事，怎么会让不相干的贾芸来承当，这等于是把贾芸当成宝玉的义子了。这时才知宝玉认儿子那一句戏言不是白写的，有了父子名分，才有坐更守夜之夤夜辛劳，以及脂砚斋批语里说的"仗义探庵"（高鹗续作中没写）之恩重情长。

到第二十六回，宝玉的精神和身体还有脸上的烫伤都好了，贾芸再次进来问安。书中写贾芸来至怡红院中，宝玉隔着纱窗子笑说道："快进来罢。我怎么就忘了你两三个月！"贾芸进了碧

草木犀

纱橱，宝玉穿着家常衣服，靸着鞋，倚在床上拿着本书看，见他进来，将书掷下，堆着笑立起身来。

这一段文字也是极有意思的，明明已经知道有人来了，还拿了本书倚在床上看，一副贵公子不把穷亲戚当回事的样子。但若知道“贾芸”之“芸”是什么，大约会对书本的出现有新的解读。

芸乃芸草，主要功用是放在书里辟蠹鱼（一种蛀蚀书籍衣物的小虫），故藏书处古称芸台，秘书省中藏书、校书处称芸香阁，书房名芸窗，唐朝萧项《赠翁承赞漆林书堂诗》云：“却对芸窗勤苦处，举头全是锦为衣。”

芸窗是书斋的雅称，宝玉在纱窗内看书，窗外是可辟蠹鱼的“芸”。宝玉遭魇魔法逢五鬼睡在卧房，贾芸在屋外守夜，“芸”便是宝玉的辟邪之物。后来宝玉身陷囹圄，贾芸又在岳神庙外搭救。要知道，芸草非只有辟蠹鱼这一项功能，《淮南子》中说：“芸草，可以死复生。”

芸草是一种开黄花的草本植物。古人最早是把芸草当祭祀用品的，《礼记·月令》说“仲冬之月芸始生”，《夏小正》里说“正月采芸，为庙采也”，芸草是正月采下供祭祀宗庙祖先用的。

魏晋时，芸草是香草，种于皇宫中庭。《晋宫阁名》中记载，晋朝皇宫中，太极殿前有芸香四畦，式乾殿前有芸香八畦，徽音殿前有芸香、杂花十一畦，明光殿前有芸香、杂花八畦，显阳殿前有芸香二畦。皇宫内院里种这么多芸草，是取其香。世上有很多香花香草，有的香在花，花谢了草叶不香；有的叶子虽然香，但要凑近了闻；而芸草之香，能散布很远，栽于园亭间，自春至秋清香不歇。芸草可佩于衣上，可簪发去虱，可放在席下辟蚤，可置书中驱蠹鱼。

到了宋朝，芸草已沦为野草，时人多有不识，以致沈括需要在《梦溪笔谈》里讲芸草是什么，有什么功用，并说自己曾向文彦博讨来几株，移植在秘阁后。秘阁正是宋朝宫廷藏书之处。

文彦博为什么会有芸草呢？北宋笔记《墨庄漫录》里记载了一则小故事。文彦博当宰相的时候，一天去赴秘书省的曝书宴。这天估计是六月初六曝书日。文彦博到了秘书省，看堂吏们晒书收书，命他们把种在窗下的芸草采来放在书箱里。这些芸草还是文彦博驻守四川时寄回来让人种在秘书省的。

北宋时种芸草的人蛮多，宰相王圭家里也有。他在《端午内中帖子词》中写道："袖中独有香芸草，留与君王辟蠹编。"

芸草到明清，已经没人认识了。当时称它为醒头香或辟汗草，用它的功用来命名，说它香气馥郁能醒脑，夏天可辟汗气。又因妇女取置头发中，次日"香燥易梳"，且能令枕上有一股幽香，又叫它枕头香。

芸草现名草木犀，"木犀"就是桂花。它的花是金黄色的，小而芳香，颇类桂花，又是草本，遂被命名为草木犀。可叹它曾经拥有那么美丽的芳名、那么辉煌的过去，在时代变迁后，被拔除于庙堂，丢弃在荒野。乡间之人不识得它的本来面目，只好从别的植物上借了个名，舍弃了"芸"这个嘉号。

究竟"死复生"有何深意？我想草木犀是二生年草本植物，古人观察到它在头一年秋尽枯萎后，转眼在仲冬时节又发芽了。这时候东风尚未吹，百草尚未萌，它先百草而生，让人觉得很神奇。不然一株草就算再香，又怎么当得起祭祀的大任？果品中的樱桃能够荐庙，也是因为它先百果而熟，有正阳之气。

修篁时待凤来仪

潇湘馆是大观园中第一重要的馆舍，其重要程度超过了怡红院。“怡红院”这个名字来自庭院中的一株海棠，“潇湘馆”这个名字来自满院的竹子。就《红楼梦》这本书的内容和植物文化本身的渊源，海棠对应的历史人物是杨贵妃，而竹子隐含的意象，则可以远溯至屈原《九歌》里的湘君和湘夫人，也就是舜帝和他的两位妃子。

湘夫人也称湘妃。湘妃和湘君，是中国历史上第一对以爱情故事流传于世的帝妃。

传说舜帝南巡至苍梧之野，一病而亡，死后葬于九嶷山中。舜帝的妃子是一双姐妹，一名娥皇，一名女英。二妃远赴九嶷，寻陵不见，北上返回，过洞庭时投水而死，死后化为湘水之神湘夫人，舜帝也就成了湘君。这个故事，因有了女性对爱情的坚持、牺牲，从而变得浪漫伟大，成为中国最早的罗曼史。

湘夫人寻夫不见，泪洒竹竿，印痕点点，此后当地的竹子上俱生泪斑，因此得名斑竹，又名泪竹、湘妃竹。唐朝咏斑竹的诗尤多，如刘长卿《斑竹》云“欲识湘妃怨，枝枝满泪痕”，许浑《过湘妃庙》云“九疑望断几千载，斑竹泪痕今更多”，高骈的《湘妃庙》诗更是写尽情怨：“帝舜南巡去不还，二妃幽怨水云间。当时珠泪垂多少，直到如今竹尚斑。”

斑竹是桂竹的变型，桂竹一名刚竹，生长在黄河流域以南各省，是最常见的竹种，因高大粗壮、材质坚硬、不易开裂，成为建筑用材，日常晾衣服的竹竿也多是刚竹。斑竹与刚竹的区别在于竹竿上有紫褐色或淡褐色斑点，宛若泪痕。斑竹的分布地与刚竹一样，并不只限于苍梧之野和洞庭君山。用斑竹制作的日用器具，如桌椅书橱、凉床凉榻、笔筒茶罐，尤其精美雅洁。久用之物，莹润净洁，自带光泽；器物表面上的紫褐色斑点磨至淡极，几欲与竹皮的青色边界模糊，有泪尽痕消之感，可引人无限遐想。

斑竹上的斑点是湘妃泪痕所染，而黛玉为还泪而生，泪尽而亡。后来园中姐妹起诗社，湘云根据黛玉爱哭的特点，给她取了“潇湘妃子”的名号。黛玉并不生气，因为这确实说的是她。第三十四回宝玉赠帕之后，黛玉写了三首题帕诗，第三首简直是把自己比作了湘妃：

> 彩线难收面上珠，湘江旧迹已模糊。
> 窗前亦有千竿竹，不识香痕渍也无？

《红楼梦》中写大观园屋舍布局，用文字写出了一条游览路线，介绍了园中最重要的几处馆舍和亭台池阁的位置。这条线路前后明写暗写，共写了三次，次次都是潇湘馆在前。

第一次是明写，大观园落成，贾政和清客们验收工程进度。到了那里，打开大门，迎面是堆叠出来的一座小山，把园中景致

清　孙温　全本红楼梦图

遮住，就像四合院的照壁，不致推开门就一览无余。此处假山下有一块镜面石，宝玉题名为“曲径通幽”。穿出山洞，是一处溪流汇成的池塘，水面有石桥三港，桥上有可供坐倚的亭子，池塘四面佳木葱茏，奇花灼灼。宝玉给亭子题名为“沁芳”。出亭过池，只见一带粉垣，里面数楹修舍，有千百竿翠竹遮映。贾政见了十分喜欢，觉得在这里读书实是平生乐事。清客说此处当题四字匾额，有人拟了“淇水遗风”，有人拟了“睢园遗迹”。贾政都嫌俗，命宝玉想一个。

宝玉道：“这是第一处行幸之处，必须颂圣方可。若用四字的匾，又有古人现成的，何必再作。”贾政道：“难道‘淇水’‘睢园’不是古人的？”宝玉道：“这太板腐了。莫若‘有凤来仪’四字。”众人都哄然叫妙。

“有凤来仪”的出处是《尚书·益稷》：“箫韶九成，凤皇来仪。”箫韶是虞舜时的乐曲，九成是九章。箫韶之曲连续演奏了九章，有凤凰飞来随乐声起舞。所以，“有凤来仪”有颂圣之意。

为什么一处种满竹子的庭院可以挂上“有凤来仪”的匾额，以表示对帝王的尊颂，这就要从《庄子》说起了。《庄子·秋水》篇中说：

夫鹓鶵发于南海，而飞于北海，非梧桐不止，非练实不食。

鹓鶵即鸾凤、凤凰。练实即竹实，一名竹米，也就是竹子的果实，因洁白如素练而得名。《淮南子》中有“竹实盈”之句，书中自注：

竹

清　恽寿平　竹石图

"竹实，凤皇食。"

凤凰非竹实不食，大观园中有这么大一片竹林，堪供凤凰暂停，所以宝玉奉元妃旨写《有凤来仪》匾额诗，破题第一联就是："秀玉初成实，堪宜待凤凰。"秀玉是竹子的雅称。

竹子要结实，就必须先开花。竹子开花的年份不确定，有时间隔时间长，有时间隔时间短，几年到几十年不等。有的竹子终生只开一次花，花期可延续几个月。在黄河以南的大部分地区，竹林是那么常见，竹米却那样难得，又兼竹子开花结实后会枯死一片，竹米越发多了几分神秘色彩。正是因其难得，竹米才显得弥足珍贵，才有了"练实"的美名，由此催生了练实是凤凰所食之物的想象。

第二次，元妃和宫女内臣们的游览路线和贾政他们一样，先看的也是这处绿竹庭院：

> 进园来先从"有凤来仪""红香绿玉""杏帘在望""蘅芷清芬"等处，登楼步阁，涉水缘山，百般眺览徘徊。

看过之后，元妃对"有凤来仪"一字不改，赐名为"潇湘馆"；"红香绿玉"改作"怡红快绿"，名曰"怡红院"；"蘅芷清芬"赐名曰"蘅芜苑"；"杏帘在望"赐名"浣葛山庄"。后来她看了黛玉代宝玉写的《杏帘在望》诗，十分喜欢"一畦春韭熟，十里稻花香"，把"浣葛山庄"改名为"稻香村"。这便是大观园四大处。

第三次是虚写，刘姥姥二进荣国府，在府中住下。次晨，贾母领着刘姥姥一行人先在沁芳亭上坐着说了会儿话，就到了潇湘馆。贾母见满眼的绿色，便说要用银红色的软烟罗糊窗户。众人坐了好一会儿才离开，然后去探春住的秋爽斋设宴。秋爽斋是一处秋景庭院，主要景致是梧桐，这又暗合了《庄子 · 秋水》中对鹓鸰也就是凤凰的描写：非梧桐不栖，非竹实不食。贾母他们进园后去的第一个地方，仍是潇湘馆。

至于清客们说的“淇水遗风”，则是从《诗经 · 卫风 · 淇奥》而来：“瞻彼淇奥，绿竹猗猗。”淇水岸边，绿竹繁茂。这首诗赞美卫武公是有德君子，就像玉石一样：“有匪君子，如切如磋，如琢如磨。”这几句诗人人会背，所以贾政会嫌“淇水遗风”之名俗；不仅俗，还不点题。这是省亲别墅，是为年轻貌美又有才华的凤藻宫贤德贵妃回家建造的。贵妃代表的是皇家。君臣有别，一个九十岁的老头子品德修养再好，总和绮年玉貌的皇妃不相干。

睢园也叫梁园、兔园，是汉代梁孝王刘武的花园，用来招待当时名士——司马相如、枚乘、邹阳等都在那里住过——是文人学士雅集吟咏之所。睢水从梁苑里流过，因名睢园。睢园占地很广，里面有修竹园，枚乘《兔园赋》里说的“修竹檀栾，夹池水”便是指这里。“睢园遗迹”之名，和贵妃省亲、女儿归宁的主题也是离题万里。况且“遗风”“遗迹”，既不风雅，也不吉祥，哪里比得上“有凤来仪”那么金声玉振。

书中描写潇湘馆的竹子，用了八个字：“凤尾森森，龙吟细细。”凤尾是竹梢之貌，龙吟是风过之声，描写竹林之景，有声有色，还呼应了“有凤来仪”四字。

竹子多分布于长江流域及以南各省，有些耐寒的品种可生长在秦岭汉水及黄河流域一带，再往北就有点难于生长。但有些竹子如紫竹等，可以在更北的地方存活。北京冬天冷至零下十几度，也有竹园、竹林。康熙帝有《咏潭柘寺竹》诗，写的是北京潭柘寺的竹子：

> 翠叶才抽碧玉枝，经旬清影上阶墀。
>
> 凌霜抱节无人见，终日虚心与凤期。

末句写的还是“有凤来仪”。

所以，宝钗在元妃省亲那夜写的应制诗云“高柳喜迁莺出谷，修篁时待凤来仪”，她知道元妃是喜欢这四个字的。

天雨曼陀罗华

《红楼梦》一百二十回本在第八十一回和第一一二回两次出现了闷香。第八十一回，马道婆犯了事，被锦衣府拿住送入刑部监，在她家中抄出好些泥塑的煞神和几匣子闹香（即闷香）。第一一二回，贾母病逝，一家人都出城在铁槛寺守夜，家里托给凤姐和四姑娘惜春照看。妙玉来探望惜春，当夜就住在惜春那里。家贼趁府中人少，招了外贼来，偷了不少东西。贼人在窗外看见里面灯光底下有两个美人，贪恋妙玉的美貌，次日便去栊翠庵劫妙玉。妙玉一个人打坐，到了五更，寒颤起来，叫婆子，也没人答应。

> 自己坐着，觉得一股香气透入囟门，便手足麻木，不能动弹，口里也说不出话来，心中更自着急。只见一个人拿着明晃晃的刀进来……可怜一个极洁极净的女儿，被这强盗的闷香熏住，由着他掇弄了去了。

书里写的闷香，便是用曼陀罗的果实磨成粉制成的。在人们的印象中，曼陀罗总有一层神秘的色彩。这种具有麻醉作用的花，

曼陀罗 选自《本草图谱》

先陶醉的是听闻其名者的想象力，想象它怎样妖艳妩媚，猜测它藏在深山，难得一睹芳容。如果不是如此，如果此花随处可见，岂不会被路人随手摘得几枝，拿来麻翻了人，上演一出十字坡的好戏——这也太不成话了。但实际上，类似的事屡见不鲜：每年都有新闻说，有人把曼陀罗的长圆锥形花苞误认为秋葵，食后中毒。

曼陀罗的花十分美丽，漏斗形，花冠雪白或浅紫。有一种木本曼陀罗，叶子如丝绒般滑腻，花瓣展开如美丽的衬裙，西方人叫它“天使的号角”。曼陀罗的花在未开时是旋转的，外形像一支麻花钻，开出花来是喇叭状。日本人极爱牵牛花，称它为朝颜，因曼陀罗也有牵牛花那样喇叭状的花朵，称之为朝鲜朝颜。看来，曼陀罗应该是从朝鲜半岛传入日本的。

曼陀罗处处皆有，我家小区的垃圾房后面，也长有两丛，自生自长，自播自衍，年年长出植株开出花，一年比一年茂盛。小区里的人天天看天天见，早习惯了，从来没人在扔完垃圾后停下来欣赏一下那雪白的花朵，可怜那“雪白衬裙”“天使的号角”都被辜负了。

曼陀罗在古代被称为“恶客”，比起清客（梅）、幽客（兰）、仙客（琼花）、远客（茉莉）等佳名，恶客这绰号实在不怎么动听。它也屡见于各种“战绩”中，让恶客这名字更显得名副其实。司马光在他的笔记里记载了一场与曼陀罗有关的战争：五溪蛮族造反，湖南转运使杜杞以金帛官爵引诱蛮族大小首领参加宴会，饮以曼陀罗酒。待蛮族人昏醉之后，尽数杀之，共杀了数千人。这是有据可查的“曼陀罗麻翻记”。

南宋理学家周去非在《岭外代答》里说，广西有曼陀罗花，遍生原野，大叶白花，结实如茄子而遍生小刺，是能使人昏迷的药草；当地盗贼采果实晒干磨成粉末，放在欲害之人的饮食中，使其醉闷后，劫走财物。

各地都有曼陀罗麻翻人的故事，但《水浒传》里动不动就麻翻两个人的蒙汗药用的却不是曼陀罗，而是同科的另一种植物天仙子。

曼陀罗和天仙子都是茄科，许多茄科植物都有毒。天仙子的毒性还大过曼陀罗，曼陀罗使人昏迷，天仙子令人发疯，民间妖人邪教多用之。

记载中比较早的一起用天仙子下毒害人的事件，发生在唐睿

天仙子

宗景云年间。有个妖人名叫贺玄景，自称五戒贤者，收了十几个门徒，在山中结草为舍，幻惑愚夫愚妇，倾家荡产供养他。他的幻术之一是披了金箔袈裟坐在暗室中，信众从外面看他浑身发光，于是拜服。又让门徒披红挂绿着纱衣，打扮得像神仙，用绳子挂在悬崖，随风摇摆，山谷底下生火熏烟像仙境，让信众观摩，说这就是神仙。又不时摆下素斋，酒中放了天仙子果实的粉末，让他们喝。

天仙子在当时名叫莨菪，音同浪荡，当时人说是因为吃了它的果实后行为狂浪放荡才有此名；天仙子之名也是从毒性而来，因人服后神志不清。但我觉得莨菪这个名字更像胡地语言的音译，天仙子也许是随着北方胡人南下而来的植物。一个佐证是它曾被胡人安禄山所用。

安禄山起兵叛乱之前，在范阳筑雄武城，外示御寇，内贮兵器，积谷无数，战马有一万五千匹，牛羊遍地。他前后十余次欺诱契丹人，在宴会设酒，里面放天仙子。预先挖一个大坑，等契丹人喝醉了就砍下首级去唐玄宗那里邀功，尸骸丢在坑中掩埋。每次杀人在数十名以上。唐玄宗以为是战功，请他入朝，命工部在华清宫旁的昭应城为他修宅第。当时华清宫为离宫，玄宗长驻此间，王公大臣在昭应城都有私宅，只有安禄山的府第是敕建。

以天仙子杀人的事，后来在嘉靖朝还发生过一起。有个游方僧人名叫武如香，游至某县，见一张姓人家的妻子长得很美，便去投宿。张家人煮饭请他吃，武如香把天仙子粉放入饭内，全家人吃后昏迷，张妻被污。武如香又把天仙子粉吹进张氏耳中，张氏发狂，见家人皆成妖鬼，举刀尽行杀死，共一十六人。后官府破案，张氏和武如香皆被处死。

白山茶 选自《梅园海石榴花谱》

此药的应用，最早见于《史记·淳于意传》：淄川王美人怀子而没有母乳，淳于意以莨菪药一撮，以酒饮之。李时珍表示怀疑，说没听说莨菪有此功用，有毒倒是千真万确的。曼陀罗、莨菪之所以能令人狂惑见鬼，都是因为有毒。吴其濬《植物名实图考》里也说旧时白莲教把药酒给他们掠来的民众喝下，再让这些神志不清的人去杀人，酒中便是用了天仙子粉末。

“曼陀罗”原是梵语 Mandala 的音译，原意是圆形物。《法华经》里说，佛陀讲经时，天雨曼陀罗华。《法华光宅疏》解释道，曼陀罗华就是小白团花。《妙法莲华经决疑》中干脆解释为白莲花。

“曼陀罗”这个名字，随着佛教的传入而广为人知。唐朝佛教兴盛，卢仝《观放鱼歌》里有“天雨曼陀罗花深没膝，四十千真珠璎珞堆高楼”之句。

比起现名曼陀罗的这种漏斗形或近喇叭形的花来，白色山茶倒是更符合白团花的描述，因此在南传佛教影响下的云南，人们把山茶花叫作曼陀罗也就不奇怪了。明朝王象晋的《群芳谱》中说：“山茶，一名曼陀罗树。”

《群芳谱》这本书名气大影响广，后世多援引之。苏州园林的代表拙政园里有“十八曼陀罗馆”，便是因厅前种有十八株山茶而得名。金庸在写《天龙八部》时，可能是参考了拙政园的布局，把王夫人住的地方取名为“曼陀山庄”。王夫人在山庄内种了许多山茶，原因则是段正淳是大理国的镇南王，而云南的山茶花最为著名。

茜雪和绛云

茜雪出场很少，只露过两面。第一次出场是在第七回，周瑞家的带着十二支堆纱宫花，一路分送到了贾母处，宝玉正和黛玉解九连环玩，便问宝姐姐在家里做什么。听说宝姑娘这几日身上不大好，宝玉便说你们谁去瞧瞧。一个叫茜雪的丫头便答应着去了。

第二次出场就在第二天。宝玉去探宝钗的病，喝得醉醺醺地回到屋里，问晴雯吃豆腐皮儿的包子了吗，那是他特地留给晴雯的。晴雯说被李嬷嬷拿走了。正说着，茜雪捧上茶来，宝玉问早起沏的枫露茶，茜雪说李奶奶喝了。宝玉一听便发了火，将茶杯往地下一摔，泼了茜雪一裙子茶，跳起来问，她是哪一门子的奶奶？惯得比祖宗还大！撵出去大家干净！自此，茜雪成了失踪人口，后来旁人提到过两次，都说是因那碗枫露茶而被撵。没撵李嬷嬷，反倒撵了无辜的茜雪。

宝玉屋里的丫头虽多，经常出现的只有四个：袭人、晴雯、麝月、秋纹。袭人姓花，名字来自陆游的“花气袭人知昼暖”；晴雯之“雯”是成花纹的云，《集韵》云“云成章曰雯”；“麝月”出自南朝徐陵的《玉台新咏序》：“麝月与嫦娥竞爽。”“秋纹”

是秋风吹过时水面上的縠纹，暗示的是风。风，花，云，月。

但习惯上的说法是“风花雪月”，对应的是四季流转。这才第八回，茜雪就被宝玉撵走了，“风花雪月”变成了“风花云月”。七十七回晴雯又被赶出大观园，化了雪，散了云，四时风景凋零不全。再往后，“焚花散麝”，唯见秋风生縠纹，碧波水无痕。这正应了白居易的诗：“大都好物不坚牢，彩云易散琉璃脆。”

实际上，“茜雪”一词指的并不是雪，而是红色的花瓣。南宋周密词云“一树湘桃飞茜雪”，形容桃花花瓣坠落之状，犹如红色的雪花飘飞。

用茜雪比喻飞花，是因为茜字代表的是红色。茜本指茜草，在古代是红色染料的主要来源。用茜染红的布帛做成大红衣裳，不论男女，皆可穿着。女有茜裙，“茜裙二八采莲去”；有茜袖，“茜袖女儿簪野花”；有茜罗，“腻香红玉茜罗轻”。男有茜衫，“万里郎官遥上寿，五马茜衫红”；有茜袍，“茜袍白马韩公子”；有茜服，“铜章纡墨绶，茜服佩银鱼”。《红楼梦》里，有大红色汗巾“茜香罗”，有银红色软烟罗糊的“茜纱窗”。

茜草在先秦叫茹藘，《诗经·郑风》里有两首诗提到：《东门之墠》里的“茹藘在阪”和《出其东门》里的“缟衣茹藘”。牵引为“茹”，连覆为“藘”，“茹藘”的意思是长得茂盛。这种草一长一大片，连绵不绝，一根藤蔓可长到两米，钩扯牵拉，像一张网，覆盖住它生长的山坡林下，把旁边的植物都绞杀干净。“茹藘在阪”就是山坡上长满了茜草。

现代城市，杂草很少，结缕草铺就的大草坪板结如毡，根系更是密如麻绳线团，中间长不出别的植物，偶尔会有马兰、阿拉伯婆婆纳、龙葵等小草冒出。都市人很少能在小区和公司楼下的

茜草 选自《梅园百花画谱》

花坛里看到茜草。在公园或植物园，由于茜草的生长特性，即使有野生的，工作人员也会拔除。要看茜草，可以到人工干预较少的山林野坡去。

在杭州，九溪十八涧、云栖、龙井等景点的林下就可以找到大片的茜草，夏天开淡黄色的五瓣小花，秋天结豌豆大小的橙红色果子。最好辨认的是它蔓生的柔软长茎，四棱，茎节上长有四片对称放射的心形叶子；茎和叶子上都密生茸毛和倒刺，摸上去毛乎乎的，很是扎手。

茜草就是这么常见的植物，从南到北、从西到东都有，它在汉朝多到一个大型农庄可以种到上千亩。

茜草染红，用的是根。茜草的根是绛红色的，因此有个名字叫“地血”。把根捶破，加水浸泡，密封发酵，过滤清汁，再加

茜草 选自《本草图谱》

明矾作为媒染剂固色，就可以染出红色布帛；又因天气和水温不同，还有染液的浓度不同、媒染剂的多少不同、复染的次数不同等，可以得到深浅不同的红色，从水红、浅红、粉红、银红、桃红，到大红、绛红、橙红等等。

茜草根染红后来让位给了红蓝花，茜草的种植面积一下子减少了。再后来又有胭脂虫，茜草的使用更少，在中国还有少量专供染象牙或骨器。1869 年，德国化学家卡尔·格雷贝和卡尔·里伯曼从煤焦油中提炼出蒽，再氧化成蒽醌，再碱熔便出现了鲜艳的红色。这种红，被命名为茜素红。一种化学合成的颜色，却用最古老的染草命名。茜素红是第一种人工合成的化学染料，因它的出现，植物染的时代终告结束。

第八回点明宝玉的住所名是“绛云轩”。茜染三次，得到的深红色为“绛”。宝玉在宁国府见到了秦钟，一见如故，拉了他一起入家塾读书，忽然起了发奋之心，回来后便题写了“绛云轩”三个字贴在门楣上。

书中出现过的六安茶、老君眉等都是名茶，而那碗导致茜雪被撵的枫露茶像是作者的杜撰。“枫露”二字，“枫”是枫香树，指的还是红色。怡红公子喜欢红色，见了就觉得怡悦畅快，他的窗户用茜纱糊，束衣用茜香罗汗巾，裤子是大红血点子的，丫头叫茜雪，住所叫绛云，茶名枫露……处处不离红字。

有人说绛云轩影射的是清宫的绛雪轩。绛雪轩在紫禁城御花园东南，凸字形结构，面阔五间，屋前曾种有数株海棠树。海棠开花初红后粉，风过时落花飞舞，如片片红雪。怡红院中也有一株西府海棠。

绛雪轩前的海棠直到清末还在，有一年海棠花枯，慈禧太后命人换种了虎耳草科山梅花属的太平花。此花又名太平瑞圣花，名字很祥瑞，花开时雪白一片，风过处如雪如霰，也是故宫一景。但“绛雪轩”这个名字中的“绛”字没了着落，实属有名无实了。

蓼汀花溆

大观园是一处私家园林，在宁荣二府的中间，整个园子是被虎皮石砌的墙基和雪白粉墙围起来的，是一处住宅中的花园。园子有大门，推门进去是一座堆石填土而成的大型假山，把园中景致完全遮挡。穿过山洞往北，有一个池塘，是汇集园中水流之处，池上有亭，宝玉题名“沁芳亭”。出亭过池往西，是潇湘馆。出了潇湘馆，有青山斜阻，下有一所庄稼小院，黄泥筑墙，稻茎掩护，是稻香村。

出稻香村，转过山坡，过荼蘼架，入木香棚，越牡丹亭，度芍药圃，入蔷薇院，出芭蕉坞，盘旋曲折。忽闻水声潺湲，泻出石洞，上则萝薜倒垂，下则落花浮荡，宝玉题为“蓼汀花溆”。后元春省亲，看到这四个字，笑道：“‘花溆’二字便妥，何必‘蓼汀’？”改成了“花溆”。

“曾向江湖久钓游，极怜红蓼满汀洲”，蓼是入画的野岸植物。我国从南到北，从西到东，从高山之巅到东海之滨，有一百多种蓼，占全世界蓼属植物的一半还多。文学作品中，如果没有明确指出是哪一种蓼，一般默认为红蓼。红蓼在古代一名荭草，《诗经》

红蓼 选自《梅园百花画谱》

里称之为“游龙”：

> 山有乔松，隰有游龙。
> 不见子充，乃见狡童。
>
> ——《诗经·郑风·山有扶苏》

红蓼近水而生，长势不凡，高可达两米，茎秆直立，分枝旁斜，夭矫如龙。红蓼的花序像麦穗，长有两三寸，色殷红如血。红蓼绵延成片，绿叶红花映照碧水，十分美丽。

与红蓼齐名的有水蓼。水蓼一名辣蓼，植株较矮，花序也短小，不作观赏用。辣蓼在上古时一直是调味品，《礼记》上记载，烹鸡、猪、鱼鳖，都要用辣蓼去腥辟味。一直到明朝，《本草纲目》里还说元旦立春吃“五辛盘”，是用葱、蒜、韭、蓼、芥等辛辣之菜，

蓼花盛夏即开，却常被视为秋花。左上乾隆题诗：“试看猗漪枝上下，分明有意引秋风。”

蓼花 清 蒋廷锡 仿宋人设色勾染图册

杂合食之。清朝以后，来自南美的辣椒渐渐取代了蓼，水蓼退出大众的餐桌，只在制作醪糟曲子的古方里还有一席之地。

蓼类中著名的还有蓼蓝，“青出于蓝而胜于蓝”的蓝，指的便是蓼蓝。《诗经》里的“终朝采蓝，不盈一襜”，采的也是蓼蓝。蓼蓝的花和红蓼一样，紫红成穗，叶绿带蓝，在古代是重要的经济作物，可作染蓝之用。

抗战时期，文史大师刘文典先生在西南联大开《红楼梦》讲座，说别人讲过的他都不讲，他讲的，别人都没说过，抬手在黑板上写了“蓼汀花溆”四个字。他说元春属意薛宝钗，故而去“蓼汀”留“花溆”，因“蓼汀”反切为“林”，“花溆”快读似“薛”。——其实这是过度解读了，元妃的心意可能真没那么复杂。

宝玉题对额的时候是春天，那个时候其实没有红蓼。元妃省亲在元宵节，也没蓼花，何况半夜乘船游览，也看不见岸上是有蓼还是无蓼。要知道，红蓼是一年生草本植物，春天的时候刚刚出叶，在一片落花浮荡的水岸上，实在不会引人注意。红蓼开花在夏秋季节，这时才称得上蓼汀。深秋之后，红蓼即枯死。

此处也许是有红蓼的。第二十三回，宝玉和姐妹住进大观园，迎春住了缀锦楼，探春住了秋爽斋，惜春住了蓼风轩——既然取名“蓼风轩”，可见是真有红蓼。只是到第三十七回起诗社，众人取号，宝钗就说迎春住的是紫菱洲，就叫“菱洲”；惜春住在藕香榭，就叫“藕榭”——两人住的地方名字都变了。到第七十九回，迎春将要出嫁，搬出了大观园，宝玉十分失落，天天到紫菱洲一带徘徊瞻顾，看那岸上的蓼花苇叶，池内的翠荇香菱，也都觉摇摇落落，似有追忆故人之态。

在中国文化里，蓼花是和离愁联系在一起的。是以宝玉看到蓼花苇叶，当下吟了一首诗：“池塘一夜秋风冷，吹散芰荷红玉影。蓼花菱叶不胜愁，重露繁霜压纤梗。”一看到蓼花红、菱叶残，就愁绪满怀。

琼瑶女士写《还珠格格》，为了突出紫薇的才情，特地写了一个细节。那日乾隆带了紫薇和小燕子还有尔康、永琪等人微服出游，走到江边，看到一群人在写诗送别。乾隆一时兴起，说我身边这个丫头会作诗，让她试下。紫薇问明远行人姓铁，就念道：

"你也写诗送老铁，我也写诗送老铁。"老铁和朋友们一听就乐了，心想这也算诗？紫薇不紧不慢接着吟："江南江北蓼花红，都是离人眼中血。"后两句一出，马上有了意境，把头两句平平无奇的诗变得妙趣横生。就是因为红蓼在中国文化中象征着离愁，才有这样的反转效果。

蓼烟苇风总断肠，这种情绪，非关病酒，不是悲秋，而是"江畔何人初见月，江月何年初照人"的追问。我生天地间，难道是为了像红蓼一样，只活一秋吗？生命易逝，青春易老，我该何去何从？这种灵魂拷问，时常敲打着文人的心。从魏晋时起，文人就苦恼不已。生命是如此短暂，就像红蓼一样，夏天一过，就要随秋风摇落。

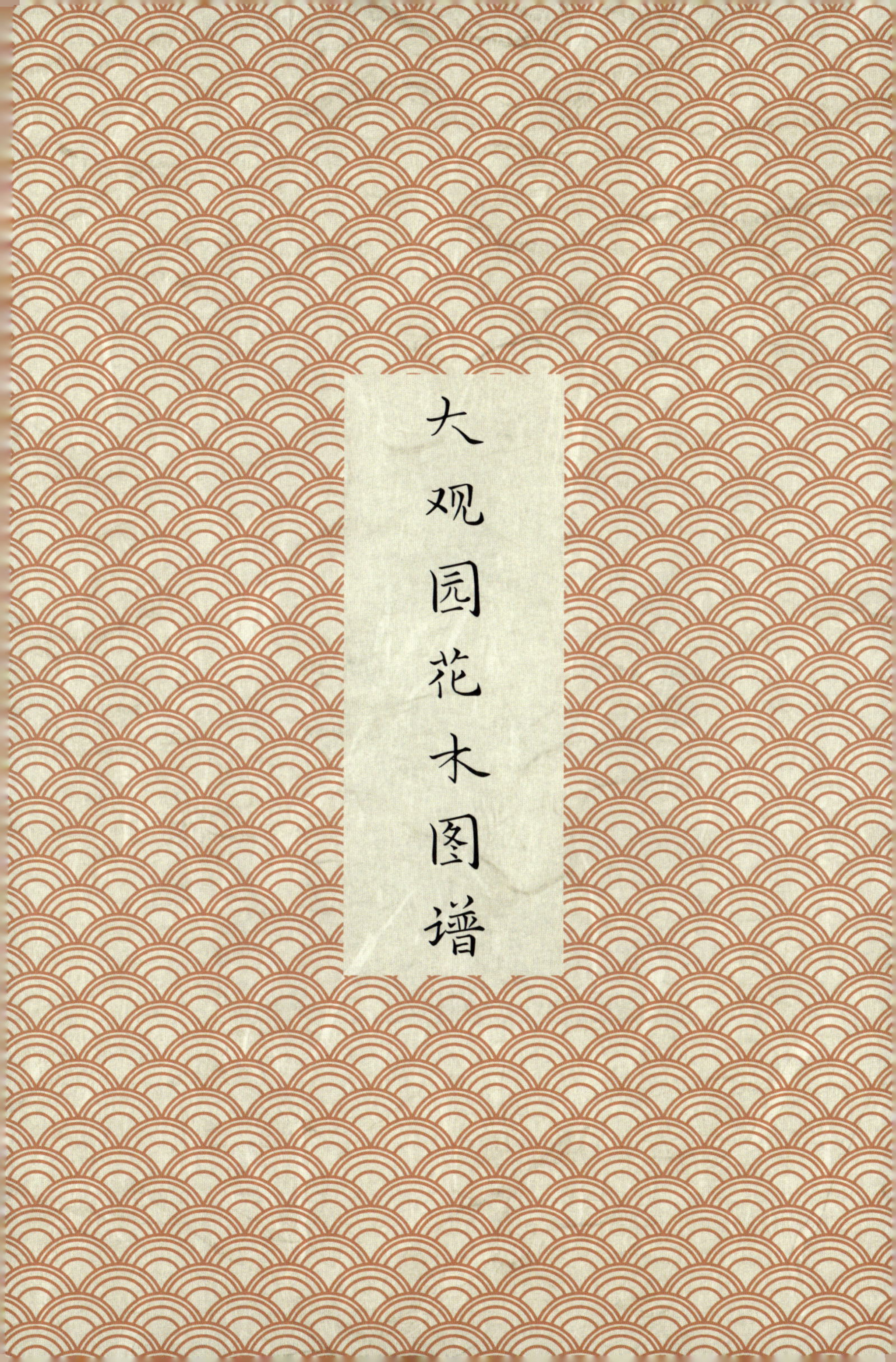
大观园花木图谱

菊

但是这个时候，天气正凉爽，满园的菊花又盛开，请老祖宗过来散散闷，看着众儿孙热闹热闹，是这个意思。

——第十一回 庆寿辰宁府排家宴　见熙凤贾瑞起淫心

梨花

从里间房内又得一小门，出去则是后院，有大株梨花兼着芭蕉。

——第十七回 大观园试才题对额　荣国府归省庆元宵

芡（鸡头）

菱

袭人听说，便端过两个小掐丝盒子来。先揭开一个，里面装的是红菱和鸡头两样鲜果，又那一个，是一碟子桂花糖蒸新栗粉糕。

——第三十七回 秋爽斋偶结海棠社　蘅芜苑夜拟菊花题

栗

桂花

宝钗手里拿着一枝桂花玩了一回，俯在窗槛上掐了桂蕊掷向水面，引的游鱼浮上来唼喋。

——第三十八回 林潇湘魁夺菊花诗 薛蘅芜讽和螃蟹咏

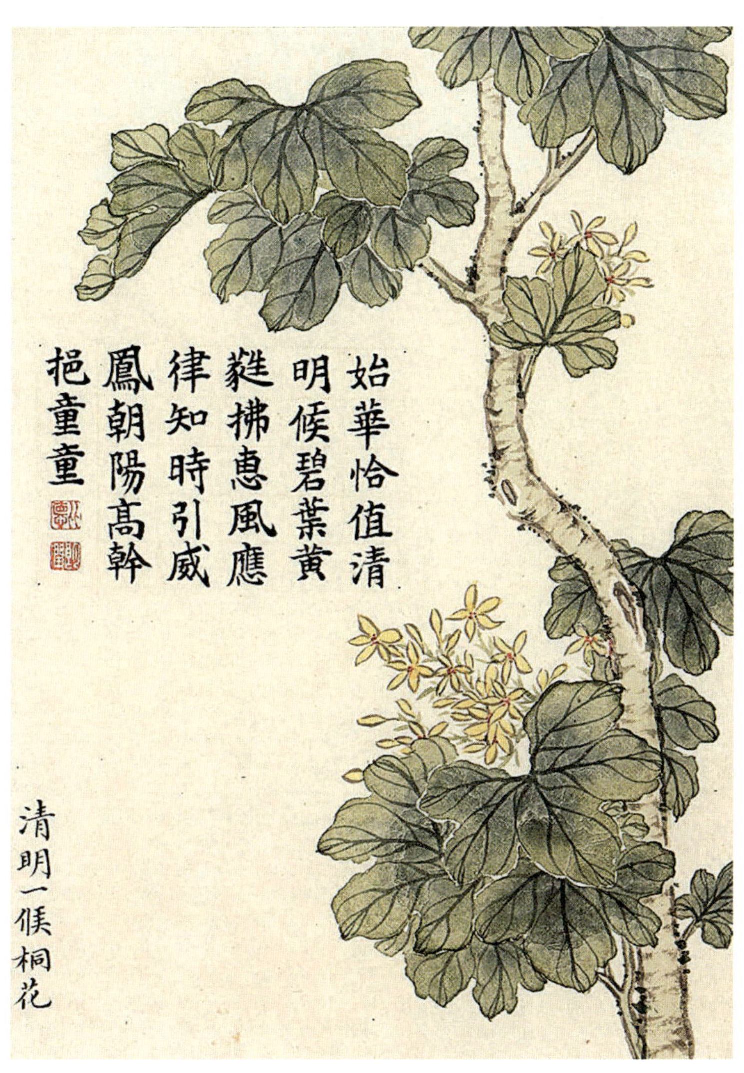

梧桐

贾母因隔着纱窗往后院内看了一回，说道："后廊檐下的梧桐也好了，就只细些。"

——第四十回 史太君两宴大观园　金鸳鸯三宣牙牌令

玉簪

宝玉忙走至妆台前，将一个宣窑瓷盒揭开，里面盛着一排十根玉簪花棒，拈了一根递与平儿。

——第四十四回 变生不测凤姐泼醋 喜出望外平儿理妆

枫

平儿听了，自悔失言，便拉他到枫树底下，坐在一块石上，越性把方才凤姐过去回来所有的形景言词始末原由告诉与他。

——第四十六回 尴尬人难免尴尬事　鸳鸯女誓绝鸳鸯偶

木槿

原来这芦雪广盖在傍山临水河滩之上，一带几间，茅檐土壁，槿篱竹牖，推窗便可垂钓，四面都是芦苇掩覆，一条去径逶迤穿芦度苇过去，便是藕香榭的竹桥了。

——第四十九回 琉璃世界白雪红梅 脂粉香娃割腥啖膻

忍冬（金银藤）

还有一带篱笆上蔷薇、月季、宝相、金银藤，单这没要紧的草花干了，卖到茶叶铺药铺去，也值几个钱。

——第五十六回 敏探春兴利除宿弊　贤宝钗小惠全大体

水仙

黛玉因说道："这是你家的大总管赖大婶子送薛二姑娘的，两盆腊梅，两盆水仙。他送了我一盆水仙，他送了蕉丫头一盆腊梅。我原不要的，又恐辜负了他的心。你若要，我转送你如何？"

——第五十二回 俏平儿情掩虾须镯 勇晴雯病补雀金裘

蜡梅（腊梅）

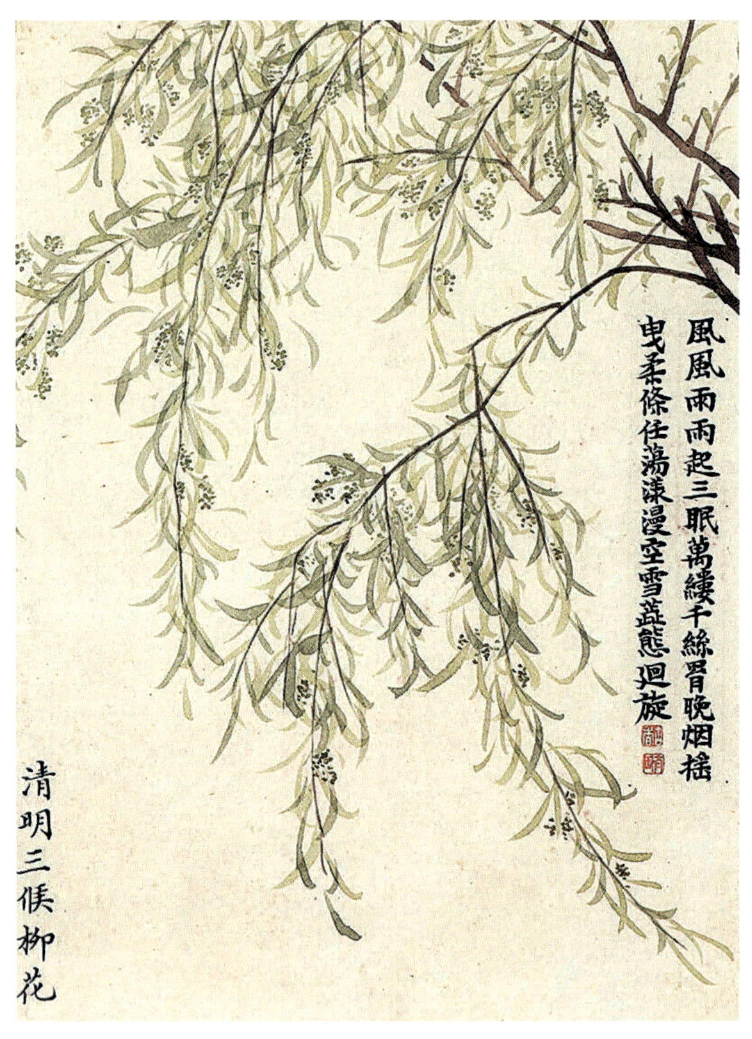

柳

因见柳叶才吐浅碧，丝若垂金，莺儿便笑道：“你会拿着柳条子编东西不会？”

——第五十九回 柳叶渚边嗔莺咤燕　绛云轩里召将飞符

李

昨儿我从李子树下一走，偏有一个蜜蜂儿往脸上一过，我一招手儿，偏你那好舅母就看见了。

——第六十一回 投鼠忌器宝玉瞒赃　判冤决狱平儿行权

美人蕉

枇杷

大家采了些花草来兜着，坐在花草堆中斗草。这一个说：“我有观音柳。”那一个说：“我有罗汉松。”那一个又说：“我有君子竹。”这一个又说：“我有美人蕉。”这个又说：“我有星星翠。”那个又说：“我有月月红。”这个又说：“我有《牡丹亭》上的牡丹花。”那个又说：“我有《琵琶记》里的枇杷果。”

——第六十二回 憨湘云醉眠芍药裀　呆香菱情解石榴裙

葡萄

袭人走着，沿堤看顽了一回。猛抬头看见那边葡萄架底下有人拿着掸子在那里掸什么呢，走到跟前，却是老祝妈。

——第六十七回 见土仪颦卿思故里 闻秘事凤姐讯家童

芦苇

荇菜

再看那岸上的蓼花苇叶，池内的翠荇香菱，也都觉摇摇落落，似有追忆故人之态，迥非素常逞妍斗色之可比。

——第七十九回　薛文龙悔娶河东狮　贾迎春误嫁中山狼

附录

人间草木系列植物名录

花月令：四时赏花录

兰　蕙　瑞香　樱桃　迎春
桃　玉兰　紫荆　杏　梨
李　蔷薇　木笔　郁李　杨柳
海棠　绣球　牡丹　芍药　罂粟
木香　杜鹃　荼蘼　石榴　虞美人
萱草　合欢　薝卜　锦葵　山丹
泡桐　莲　茉莉　凌霄　凤仙
鸡冠花　黄蜀葵　玉簪　紫薇　木槿
蓼花　菱　槐　桂　秋海棠
白蘋　金钱花　丁香　菊　芙蓉
剪秋罗　剪红纱花　剪春罗　橙　橘
山药　梧桐　苔　芦苇　荻
美人蕉　枇杷　松　柏　蜡梅
茗花　水仙　梅　山茶

野有蔓草：《诗经》草木图志

荇菜　葛藟　桃　蒌　蕨
甘棠　白茅　唐棣　芄兰　稷
扶苏　茹藘　椒　条　鹝
苌楚　蓍　壶　果臝　苹
常棣　薇　枸　椅　葍
茑　女萝　苕　来　牟

香草美人：《楚辞》芳草图谱

江离　申椒　菌桂　荃荪　兰
留夷　揭车　杜衡　木兰　菊
胡绳　芰荷　扶桑　艾蒿　杜若
白蘋　紫草　石兰　白芷　薜荔
辛夷　灵芝　露申　橘　茶
荠　柘　枫　荆楚　马兰
款冬　射干　鸢尾　蘘荷　蘼蘩

餐芳记：一部厨中花间集

梅花	玉兰	松花	棠梨	堇菜
樱花	牡丹	金雀花	洋紫荆	紫荆
紫藤	槐花	白刺花	玫瑰	白鹃梅
玉簪	鹿药	熊葱	接骨木	栀子
荷花	木槿	金银花	薰衣草	黄花菜
南瓜花	蕉花	茉莉花	姜花	旱金莲
夜来香	洛神花	桂花	芙蓉	洋甘菊
番红花	金盏花	昙花	菊花	薄荷
罗勒	迷迭香	鼠尾草	百里香	茶花
韭花	木棉花	海菜花	蜂斗菜	

怡红快绿：《红楼梦》花木图鉴

兰草	白海棠	香橼	佛手	茉莉
素馨	香荚蒾	七叶树	葫芦	木瓜
槟榔	玫瑰	柚子	香圆	牡丹
杏花	梅花	海棠	荼蘼	并蒂莲
芙蓉	桃花	凤仙	石榴	夫妻蕙
芍药	蔷薇	月季	宝相	香薷
茄子	紫茉莉	红花	通草花	石楠
芭蕉	芸香草	竹	曼陀罗	天仙子
茜草	蓼花			

（未完待续）